闇の守り人

黑暗守护者

守护者系列

[日] 上桥菜穗子 著 林涛 译

浙江人民出版社

主要人物介绍

巴尔萨

故事的主人公，女保镖。被吉格罗抚养长大。

卡　萨

十五岁少年，童诺和丽娜的儿子。

尤格罗

加格罗和吉格罗的弟弟，“王之枪”的首领。

加格罗

穆萨族的族长，吉格罗、尤格罗的大哥。

吉格罗

百年不遇的长枪天才，巴尔萨的养父。

加　姆

加格罗的长子。

人物关系图

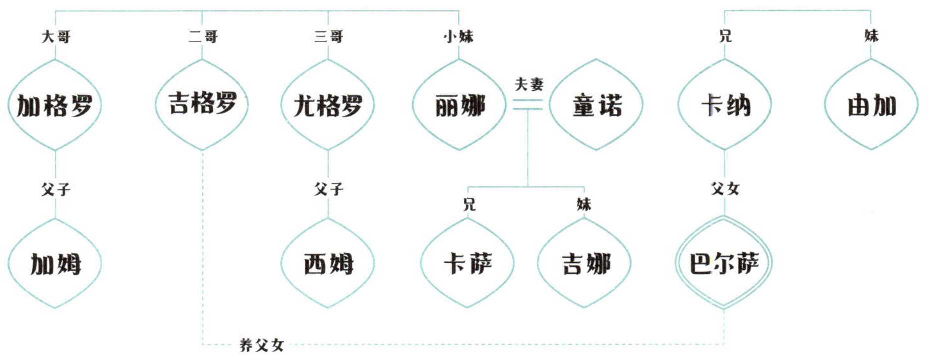

其他人物介绍

* 穆萨族

吉娜：卡萨的妹妹。

西姆：尤格罗的长子。

多姆：族长住的“乡”的警卫长，尤格罗妻子的弟弟。

* 邕萨族

卡纳：巴尔萨的父亲，坎巴王纳格的御医，被暗杀。

由加：巴尔萨的姑姑，义诊医院的医师。

拉古：邕萨族的前族长，参加过绿霞石馈赠仪式。

塔格：拉古的长子，曾是吉格罗的追捕者之一，被吉格罗所杀。

努库：拉古的次子，现在的族长。

塔古：拉古的孙子，“王之枪”的一员。

* 王族

纳格：坎巴王国的上上一代国王，被弟弟罗格萨姆毒死。

拉达：现在的坎巴王，罗格萨姆的儿子。

罗格萨姆：坎巴王国的上一代国王，靠奸计篡夺王位。

* 牧童

托托：牧童一族的长老。

优优：少年牧童，卡萨的朋友。

纳纳：优优的母亲。

坎巴用语集

索　　鲁　“黑暗守护者”。

绿霞石　一种在黑暗中会发出绿光、价值连城的宝石。

拉萨垆　集市。

那　　卢　坎巴王国的货币单位，110 个那卢铜币可以兑换 1 枚约格银币。

卡　　奴　一种质地密实的披肩。

嘎　　夏　易栽种的一种薯类。

拉　坎巴山羊奶和奶油。

拉　　嘎　坎巴山羊奶酪。

拉　　卡　坎巴山羊奶酒。

拉　　克　坎巴山羊奶茶。

牛　　基　一种能够清洁口腔的特殊树根。

罗　　索　炸薯团。

久　　慕　一种烤制的点心。

油　　荚　一种带甜酸味的果子。

托佳露　一种能够使人瞳孔放大、在黑暗中看清楚事物的神秘毒液。

尤佳露　叶汁具有加热功能的一种植物。

提提·兰　骑鼬鼠的猎人。白天栖息在洞窟中，月光美丽的夜晚在岩山上狩猎的小矮人。

图·卡奴　提提·兰对牧童的称呼，意思是“大哥”。

苏提·兰　一种智商较高的水生动物，意思是“水流的猎人”。

图·兰　提提·兰对坎巴人的称呼，意思是“大猎人”。

齐鲁·卡奴　牧童对提提·兰的称呼，意思是“小弟”。

地图

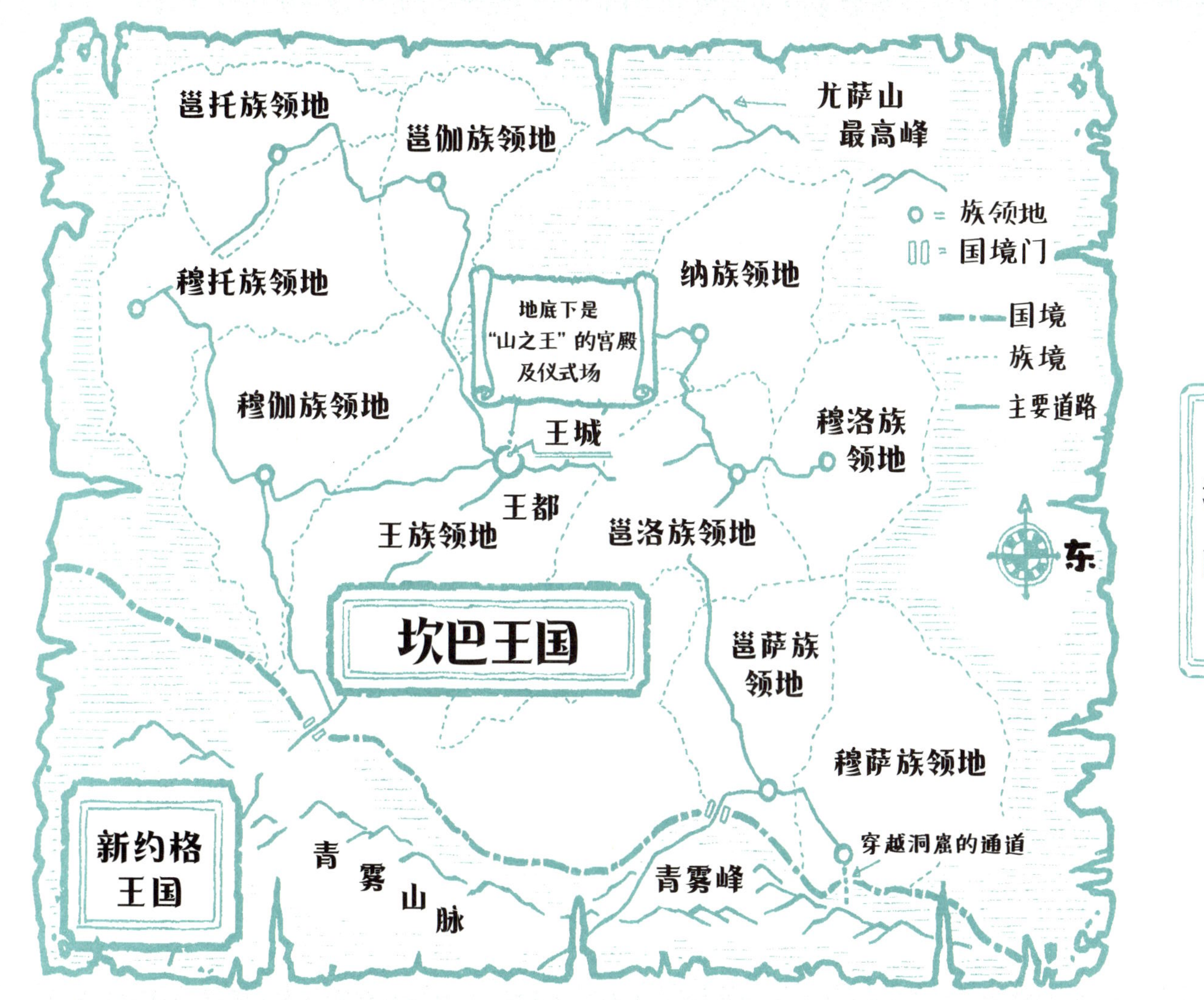

邕托族领地
邕伽族领地
尤萨山
最高峰
族领地
国境门
国境
族境
主要道路
穆托族领地
纳族领地
地底下是
“山之王”的宫殿
及仪式场
穆伽族领地
穆洛族
领地
王城
王都
王族领地
邕洛族领地
东
坎巴王国
邕萨族
领地
穆萨族领地
穿越洞窟的通道
新约格
王国
青
雾
山
脉
青雾峰

目 录

序章

通向黑暗

一直以来，巴尔萨都试图忘记自己的故乡。因为对她而言，故乡就好像是一处旧伤，一触即痛。

巴尔萨站在瀑布的上方。她的左侧是一个大大的洞穴，水流正是从这个洞穴涌出，再流过巴尔萨所站的平坦的岩石，轰隆隆地倾泻到深不见底的水潭。

水汽白蒙蒙的，将巴尔萨围在中间。巴尔萨在浓浓的水汽中站了很久。从这个高度，能够俯瞰青雾山脉如褶皱般的层峦叠嶂。炎热、少雨的夏天过去了，山林的翠绿开始渐渐褪色。再过一个月，像火一样燃烧的红叶想必就会覆盖群山。

此刻，夕阳将巴尔萨全身染成淡淡的金色，开始在她右手边的山后缓缓落下。

眼前广阔的青雾山脉以南的地方，是新约格王国，那是巴尔萨度过人生大部分时间的地方。对她来说，这个国度有她最珍惜的亲人和朋友。然而，在这座满是岩石的山的北面，则是巴尔萨出生的故乡——坎巴王国。这是一个哪怕只是想起都会让她觉得痛苦的地方。

行人往来穿越的国境大门在更往西的地方，但是巴尔萨打算穿过这个洞穴，悄悄地回到坎巴。

巴尔萨看向西方，眼眸深处映着火红的夕阳。

曾经也是在这样一个夕阳西下的时刻，她被人牵着，哭哭啼啼地穿过黑暗的洞穴，来到这片平坦的岩石上——那已是二十五年前的事了。当年那个站在岩石上哭泣的六岁小女孩，对眼里所见到的那一望无际的异国景色，只是一味地感到恐惧。在异国等待自己的将会是怎样的岁月？她不知道也不敢去想。

历经二十五年，现在，站在岩石上的巴尔萨，是一身褴褛的行旅打扮，清爽的黑发随意扎在脑后，一柄惯用的长枪挑着行李扛在肩上。

巴尔萨依然闭着眼，用手指轻轻地抚摩着长枪柄上所雕刻的图案。

“在第一个岔路口右转，第二个岔路口也右转，第三个岔路口往左……”

像是为了确认这个图案所指示的洞穴的路线一样，养父吉格罗高声朗读的粗犷的声音在巴尔萨的耳边回响起来。

坎巴王国是个多山之国，国土的大半沿着被称为“母亲山脉”的尤萨山脉铺展开来。在尤萨山脉的地下，有很多细长的洞穴，像蜘蛛网一样纵横交错。坎巴的孩童们自懂事起，就被父母严厉地警告绝对不许进入这些洞穴。因为人们说，太阳下的，是坎巴王国；而山下的，则是由“山之王”所支配的黑暗王国。这些洞穴，是“山之王”

的仆从、可怕的“黑暗守护者”索鲁往来的“黑暗通道”。孩子们若是不小心闯入，一定会被咬死。

话虽如此，但在坎巴，几乎所有的孩子都进过这些洞穴。据说坎巴的洞穴随着进入的深度变深，地层会一点点发生变化。最初是灰色的石灰石岩壁，再往里一些，就变成了光滑的白磨石岩壁，继续往里，就变成了绿白石岩壁。山的最深处，也就是“山之王”的宫殿，是由散发着青光，据说是世界上最美的绿霞石所建造的。

对坎巴的孩子们来说，能够拿回白磨石是非常有勇气的证明。因为拿着白磨石归来，意味着已经进入洞穴里阳光照射不到的地方了。但是，几年间，也有一两个孩子为了试试胆量进入洞中，就再也没有回来。不知他们到底是像大人们所说的那样被索鲁吃掉了，还是在错综复杂的洞穴里迷了路……

于是，对洞穴的恐惧感从那时起就已经牢牢印在了六岁的巴尔萨心中。

即便是现在，对于凭借自己的力量和胆识闯过无数战斗而活下来的巴尔萨而言，这样紧靠着黑暗的洞穴，恐惧感仍旧会从心底涌上来。

坦白来讲，作为一个旅人，还是正大光明地从国境大门入境比较好。

杀害巴尔萨的父亲，并在十五年间一直追踪着她和她的养父吉格罗的男人——坎巴国王罗格萨姆，早在十年前就已经病死。在这个世界上，知道罗格萨姆为了继承王位而做出伤天害理之事的人，也就只有巴尔萨了。即便堂堂正正地穿过国境大门回到坎巴，也应该是没有什么危险的。

但是，巴尔萨想要穿过这个洞穴回到故乡，靠自己一个人的力量穿过去回到故乡……她觉得自己必须这么做。

一直以来，巴尔萨都试图忘记自己的故乡。因为对她而言，故乡就好像是一处旧伤，一触即痛。

身体上的创伤随着时间的推移会愈合，但心灵深处的创伤，越想忘掉它，伤痕反倒越深。疗伤的方法只有一个，那就是去直面这个伤疤。

巴尔萨睁开了双眼，深深地吸了一口气，在心底和眼前的青雾山脉以及居住在山脚下的她所心爱的人们，做了一个暂时的道别。

她猛地转过身去，把青雾山脉抛在身后，踏进了洞穴的黑暗中。

第一章

沉睡在黑暗深处之物

巴尔萨感觉对面的人影像是对自己微微行了一个礼，她也微微颔首致意。这个散发着朦胧青光的人影，飞快地向后退去，消失在黑暗中。巴尔萨看得目瞪口呆。

刚才……究竟是什么？

“黑暗守护者”索鲁

巴尔萨小心翼翼地避开水流，沿着墙边干燥的岩石往前走。背后的光亮变成了一个小点，不久后便消失了。在分不清自己是睁着眼还是闭着眼的黑暗中，她用一只手摸索着岩壁，缓缓地继续往前走。

“洞穴里，是不可以带灯火的。”

吉格罗的声音又在耳旁响起。明明是二十五年前的事情，却仍像发生在昨天一样清晰。真是不可思议。

“‘黑暗守护者’索鲁憎恨火焰。如果拿着火把或灯火进去，他们闻到了就会来袭击我们。如果想要活着走出洞穴，就只能沿着岩壁慢慢地往前走。我很清楚穿越洞穴的方法，你不要担心。”

现在想想，那个时候的吉格罗，应该是在用他那独有的笨拙方式，来给害怕得哭个不停的自己打气吧。

吉格罗是个沉默寡言的男人。尽管巴尔萨的父亲卡纳健谈爱笑，和吉格罗性格截然不同，但两人间的友情却很深厚。巴尔萨隐约记得，几乎每天晚上，两人都要对饮几杯。

巴尔萨的父亲是坎巴国国王纳格的御医。吉格罗说，卡纳是一个天才型的医师，很受国王的赏识，三十二岁就成了御医。可……令人觉得讽刺的是，这份幸运也导致了他后来的不幸。

纳格国王的父亲尤拉姆国王有四位王妃，为他生下了四位王子和五位公主。通常王子们到了一定的年纪，都会因争夺王位而相互厮杀，但由于尤拉姆国王突然驾崩，长子纳格便顺理成章地继承了王位。

不过，纳格在王位上待的时间并不长。二王子罗格萨姆是一个阴险狡诈的人，他暂且将王位礼让给兄长纳格，让纳格放松警惕，自己却一直在伺机实施他的阴谋。

纳格国王天生体弱多病，有一年冬天患了重感冒，之后一直到春天都卧病不起。罗格萨姆等待的就是这样一个绝佳的时机。

罗格萨姆暗中将巴尔萨的父亲卡纳叫到自己的房间，命令他去毒死纳格国王。

作为国王的御医，不管是给他下毒，还是把他伪装成病死，对卡纳来说都并不是一件难事。

罗格萨姆威胁卡纳，如果毒杀国王的行动失败，或者走漏了风声，就会立刻杀掉他的女儿。卡纳知道罗格萨姆心狠手辣，为了保住女儿的性命，他不得已答应下毒害死纳格国王。

卡纳尽管表面上对罗格萨姆唯命是从，暗地里却尝试着摆脱罗格萨姆。

国王突然死亡容易招来外界的怀疑，但若使用一种叫玖鲁嘎的毒药，让国王慢慢衰竭而死，到时再说国王是因病去世就没有人起疑心了。于是卡纳请求罗格萨姆让他使用玖鲁嘎。

罗格萨姆答应了。但是在卡纳下毒之前，罗格萨姆一直严密地监视着他，直到他下毒几天后，国王身体出现了明显的衰弱，罗格萨姆这才对卡纳放松了警惕。因为他觉得走到这一步，卡纳已经不可能再背叛他了。

卡纳抱着必死的决心，等待着罗格萨姆对他的监视松懈下来。终于，他等到一个短暂的间隙，和挚友吉格罗见上了一面。

吉格罗当时因为担任国王的武士教官而住在城里。卡纳把一切都告诉了吉格罗，希望他带着自己的女儿逃走。因为国王一死，罗格萨姆是不可能让知道毒杀真相的他活下去的。不仅如此，为了杜绝后患，罗格萨姆会连他的女儿也一起杀掉。对于妻子早已病逝的卡纳而言，巴尔萨就是他的一切。于是，吉格罗舍弃一切，答应了痛苦不堪的挚友的请求。

时至今日，巴尔萨依然清晰地记得六岁时的那个傍晚。父亲已经很多天没有从城里回来了，家里只有她和老保姆两人在等着父亲回家。

巴尔萨坐在窗台上，双脚对着院子悬在空中晃荡着。因为坎巴的冬天漫长而寒冷，所以房子都是用厚厚的石墙建造的。巴尔萨非常喜欢像椅子一样的窗台。

那是春末的一个温暖的傍晚，空气里飘着淡淡的、甜蜜的花香。将院子团团围住的石头围墙和庭院里树木的影子长长地倒映在草地上。

突然传来一种似是柔软的东西相撞后发出的微弱响声。巴尔萨吃惊地朝发出声响的方向看去，一个高大的男人，腋下不知夹着什么东西，打开院子的木门走了进来。巴尔萨认出这个人是吉格罗，而他腋下夹着的，是一个人。顿时，一股寒意从她的脚底蹿了上来。

吉格罗看到巴尔萨，立刻把手指贴在嘴上，示意她不要出声，接着将腋下夹着的男子放在围墙深处的树丛后，迅速把他的手脚捆紧，绑在树上，并拿东西堵住了他的嘴。

巴尔萨看到吉格罗让她悄悄过去的手势，光着脚跳到院子里。虽然不知道发生了什么事，但她一直记得，突然之间，她周围的色彩全变了，就好像做梦一样，自己变得无依无靠了。

吉格罗抓住巴尔萨的肩膀，在她耳边轻声说道："你父亲托我带你逃走。马上跟我走。"

巴尔萨惊慌失措地抬头看着吉格罗："婆婆说马上就吃晚饭了。如果出去，我要先跟婆婆说一声……"

"不能告诉婆婆。婆婆知道了，会给她添麻烦的……你看，有个要杀你的家伙，就躲在围墙那边。不想死的话，就照我说的做。"

被吉格罗抓着手臂的巴尔萨边走边哭，小声嘟囔着："我的鞋……"

吉格罗"哦"了一声，从背包里拿出鞋来给巴尔萨穿上。鞋实在是太大了，吉格罗替她把鞋带紧紧地系上："先忍着点儿。"

巴尔萨被吉格罗的大手拽着，仿佛是被拖着一般出了院子。她没有想到，这竟然会是漫长逃亡的开始……

走在黑暗中，沉浸在如泉水般喷涌而出的回忆里，巴尔萨不自觉地咬紧了嘴唇。

从被吉格罗带着逃离这片黑暗，一直到罗格萨姆死去的这十五年间，她都过着地狱一般的日子。

约莫逃走半年以后，巴尔萨在一群从坎巴到新约格王国打工的男人那里听到父亲卡纳被强盗杀害的消息。对巴尔萨来说，这是一个极为残忍的打击。因为唯一支撑她的就是“总有一天可以见到父亲”的希望，她是为了这个希望而活着的。

那时，吉格罗就像对一个大人说话一样，将所有事情一五一十地告诉了她——为什么父亲会被杀害，为什么自己又不得不和吉格罗一起逃离家园。

那时从心底萌生的憎恨，至今还烙在巴尔萨的内心深处。

巴尔萨暗暗发誓一定要亲手杀死罗格萨姆。她请求吉格罗教她武术，吉格罗却摇头道：

“武术是男人的东西。不管女人怎么努力，先天的肌肉决定了她们不会有太大的成就。而且，你还是个孩子，骨骼还很柔软，若是练不好，身体的发育会很糟糕。”

可是，巴尔萨并没有放弃。每当黎明时分吉格罗一个人练武的时候，她都会在一旁目不转睛地盯着看，并且模仿他的动作。为了赚钱维持生活，吉格罗为有钱的商人做保镖，一有什么纷争，巴尔萨就会冲过去，注意看吉格罗的动作，试图学会吉格罗的格斗方式。

后来有一天，发生了一件可怕的事情。罗格萨姆派出的追捕者找到了他们。

虽然在那之前，巴尔萨已经看见过很多次吉格罗的决斗，但都不像这次那么令人害怕。两个人的动作，就像在跳舞一样。长枪和长枪在空中划过，令人目不暇接，扎进去、敲打着、弹起来……

当追捕者的长枪刺进吉格罗的肩膀时，吉格罗的长枪已经深深刺穿了那个人的胸膛。

巴尔萨闻到了血腥味，近距离地目睹了死亡的痛苦，吓得缩成一团。当看到吉格罗倒在追捕者的尸体上，身体无法动弹时，她以为吉格罗也会因伤势太重而死去。

但是，吉格罗没有死。他趴在尸体上，哭了。那是巴尔萨第一次看到吉格罗哭。他没有哭出声，只是全身颤抖地哭着。

很久以后，巴尔萨才知道吉格罗痛苦的原因。

罗格萨姆不仅可怕，还极其卑鄙。因为罗格萨姆派来的追捕者，是吉格罗十分珍惜的朋友。

在那件事之后，吉格罗亲口说要教巴尔萨武术。他也许想，如果巴尔萨有了一身武艺，即使自己被杀害了，她也能活下去。

巴尔萨好像被什么东西附体一般开始热衷于武术。她的身体里好像有又黏又烫的硬块，为了让热量散发出来，她不停地舞枪挥拳。看着这个不怕受伤、发狂般练习的只有八岁的少女，吉格罗低声说道：

“你……天生就是个武士。可能你学武也是命运的安排吧。”

他接下来的话语，巴尔萨直到现在都铭记于心。

“真不可思议，对习武之人来说，每次决斗都是对方挑起的。如果可以的话，我不想让你走这条沾满鲜血的人生道路，可是这么一来，我能做的就只有彻底地训练你，让你拥有独立生存下去的能力。”

不论怎么样逃、怎么样躲，追踪者还是找上了门。

吉格罗很厉害。真的，比谁都厉害。在罗格萨姆死去之前的十五年间，他为了保住巴尔萨和自己的性命，杀死了八位他的朋友……

猛然间，巴尔萨察觉到气流的轻微变化，从沉思中回过神来。

“像这样发呆是会迷路的！”

她一边在心里暗暗地责备起自己，一边用手慢慢地摸索着岩壁。而手腕刚往前伸了没多远，手指便滑出岩壁，抓了个空——她来到了第一个岔路口。

巴尔萨摸了摸长枪的图案。刻在长枪柄上的图案，是巴尔萨在吉格罗去世的时候，照着他长枪上的图案刻上去的。尽管在那个时候，她自己并不知道，有一天这些连接坎巴和新约格王国的洞穴通道的图案会派上用场。

巴尔萨告诉自己，就算是走错了，只要记得拐了几个弯和拐弯的方向，就能回到原来的地方。巴尔萨边走边想，拐弯进了岔道。

然而，不管心里再清楚应该怎么走，长时间地待在这个完全封闭的黑暗环境中，巴尔萨还是感觉到自己的胸口好似在被不断挤压一般，呼吸变得越来越困难，要尽快从这里出去的想法也越来越强烈。

她用意志拼命克制住想要跑的冲动。一跑起来，脚步便会在黑暗中发出更大的声响。而在这样的洞穴中，脚步声会远远地传开。如果被索鲁听到，就无法活着出去了。

坚持要走这条路……是不是太蠢了？

巴尔萨开始后悔特意选择了穿越洞穴的这个决定。

唉，不管了。现在后悔也没有用。

拐进第一条岔道后，巴尔萨慢慢离开了左边的岩壁，走了几步以后手就摸到了右边的岩壁，因为下一个拐角应该是在右边。

往右拐，然后再往左，应该就能出去了。

直到刚才都还能听见的水声突然变得很遥远。穿着草鞋的巴尔萨几乎没有发出脚步声，但随着水声渐远，连自己的呼吸声听起来都似乎越来越大了。

而她是在拐进右边岔道的时候感觉到异样的。

最初感受到的是气味，一股刺鼻的烟味。

是火把，而且是添加了动物油的火把……

遥远的记忆突然苏醒过来。那是寒冬里一个刮着暴风雪的夜晚，父亲拿着添了动物油的火把（这样的火把即使是在暴风雪中也不会熄灭）回家的身影……

一声惨叫，将巴尔萨拉回了现实。

尽管难以听清惨叫的内容，它的回声却响彻洞中……声音尖锐，是个小孩子的叫声。

巴尔萨立刻放下自己的行李，只拿着长枪，留意脚下，慢慢地跑起来。洞中四下都有回声，因此她也无法弄清楚惨叫声是从何处传来。但幸运的是，她刚来到第一条岔道便看到了亮光。

巴尔萨在脑海中牢记自己来时的方向，而后冲进了岔道。火把的光芒明亮如昼，映在白磨石的岩壁上，整个宽敞的洞穴都沐浴在光亮之中。

洞中又回荡起口哨般尖锐的声音……霎时，一道光破空而降，径直打在火把的火焰上，火焰熄灭了。

在火焰熄灭前的短暂时间里，巴尔萨已将那举着火把、背靠岩壁、吓得缩成一团的少年的身影和倒在他对面的幼小的少女的模样深深刻进脑海。

火光消失，洞穴重回黑暗。巴尔萨摸索着向少年所在的地方走去。火焰熄灭后的烟味扑鼻而来。巴尔萨听到他喘息的声音，知道他还活着。她也没有闻到血的味道，他们应该没有受伤。

巴尔萨走到少年的身边，抓住他的肩。少年的身体因惊吓而颤抖着。

“别叫！”巴尔萨厉声制止道，“怎么了？”

巴尔萨刚低声问完，少年便焦虑地说道：

“我……我妹妹她……在那里，被索鲁……”

巴尔萨朝刚才少女所在的方向望去，有种和杀气不大一样的怪异的感觉在黑暗中蠕动。

她拿长枪对准那个方向，调整着自己的呼吸。

激昂的斗志如涨潮般渐渐充满全身的同时，她感到世界正不断收缩着。在这个世界里，除了敌人和自己，周围的一切都渐次消失了。决斗时总会感觉到的诡异的静谧，如今再次袭来。

突然，巴尔萨似乎看到了像磷光一样的朦胧青光。因为从小就被吉格罗教导如何在黑暗中作战，巴尔萨的夜视能力远高于常人。尽管如此，在彻底的黑暗中，理应是什么都看不见的。对面应该是有什么能发出青光的东西在。

不那么死死地盯着，或者说稍稍移动视线后，就可以看出发出朦胧青光的东西是一个人影。

是……索鲁吗？

巴尔萨感到体内冒起一股凉意。

她迈出一步，索鲁也朝这边迈一步。巴尔萨握起长枪，索鲁好像也拿着什么长的东西对准这边。简直就像是在照镜子一般。

忽然，巴尔萨全身发烫。正是这快要让人窒息般的炙热，把自己和索鲁连接了起来。

这团炙热如波浪涌来一般“咚”的一声打在巴尔萨心口的瞬间，她在地上一蹬，向索鲁冲了过去。

就在她以为长枪已经碰到索鲁的时候，她突然感到腹部有一阵飕飕的冷风。她迅速转过身去，一股黑风从腹部掠过。巴尔萨的动作总是快过大脑的思维，她用自己的长枪弹开了对方坚硬的长枪。火花四溅的刹那，被弹开的长枪在空中划了个弧线劈了下来。

两柄长枪不停地碰撞、弹开、上挑，就像风车一样转个不停。巴尔萨已经不再靠眼睛看了，意识也消失在某个遥远的地方，她把行动都交给了身体，让自己能在关键时刻避开对方的长枪，自动进行反击。

不久，巴尔萨突然有种十分奇妙的感觉。好像有种在梦中翩翩起舞般的朦胧的愉悦，从身体深处蔓延到全身上下，就好像她是在配合着对方的动作共舞一样。

长枪呼呼作响，双方以惊人的速度展开了攻击，然而，此刻的时光却感觉变成了某种温暖的液体。

不知为何，自己面对的对手似乎是早就认识的人，一种不可思议的熟悉感涌上心头。

这种感觉……以前也曾有过。

这一想法在脑海中闪过时，犹如狂风般的对决逐渐平静下来，长枪的动作也开始退去了力道。不久，两人都悄悄停止了攻击。

巴尔萨长舒一口气。这时，她才发现自己先前一直都屏住了呼吸。让人感觉如此漫长的决斗，其实只不过持续了人能够屏住气息的那一小段时间而已。

巴尔萨感觉对面的人影像是对自己微微行了一个礼，她也微微颔首致意。这个散发着朦胧青光的人影，飞快地向后退去，消失在黑暗中。巴尔萨看得目瞪口呆。

刚才……究竟是什么？

巴尔萨在心里喃喃自语。她并不觉得自己刚刚是在和索鲁决斗，反倒有一种奇妙的感觉，仿佛是靠着某种语言之外的东西在和索鲁对话。

就在下一秒，巴尔萨的脑子里忽然浮现出一个场景，她顿时觉得仿佛当头被浇了一盆凉水。

刚刚那个，是“枪之舞”……

以前也发生过同样的事情，虽然只有一次。那是在她和吉格罗练武的时候，就像刚刚那样，两人的招数相互交融，几近融为一体。

当时，吉格罗看着自己的眼神很复杂，他轻声说道：

“这是‘枪之舞’。你的本事，果然到了这个境界……”

巴尔萨浑身直冒冷汗，还发抖起来，手脚也变得冰凉。

难道刚刚站在自己面前的，不是索鲁，而是吉格罗？

不对！吉格罗六年前就死了，还是我亲手埋葬的。

巴尔萨不允许自己胡思乱想。

这时，背后传来了少女微弱的声音。巴尔萨从恍惚中回过神来，转过头去，顺着声音走到少女身边，轻轻碰了碰她说：

“没事了。索鲁已经走了。你有没有受伤？”

少女抽泣着低声说道：

“我的脚好疼。”

少年战战兢兢地走了过来。他的手在黑暗中乱摸一气，碰到了巴尔萨的头。于是巴尔萨拽住他的手，把他带到少女身旁。

“吉娜，你还好吧？”

听见少年这一问，少女的声音立刻大了起来。

“哥……哥！”

巴尔萨对二人小声说道：

“没事了，我们得马上离开这里。我来背你妹妹，你拿着我的长枪，轻轻跟在我后面走。”

巴尔萨靠着烙印在脑海中的记忆，回到了自己刚刚扔下行李的地方。

三人终于走到外面。此时，月亮已经西斜了。

绿霞石

走到洞外，夜里刺骨的寒气将他们包裹起来，有一种要下雪的感觉。那是从夏天便已为白雪所覆盖的母亲山脉尤萨山吹来的夜晚的气息。

沉浸在充满了故乡气息的夜里，巴尔萨情不自禁地停下脚步，抬头看了看仿佛撒满银沙的星空。黝黑的尤萨群山的雪峰，在月光下泛着青光。

“那个……”

少年抬头看了看巴尔萨。朦胧的月光下，少年看起来有十四五岁，脸蛋圆圆的，像一轮满月，身材很结实，比巴尔萨矮了一头。

少年穿着用一种叫“夕库”的染料染过的坎巴羊皮做的衣服，用皮带紧紧地系着，背后的皮带上挂着一把短剑。这是武士阶层的少年的打扮。

“嗯……谢谢你。”

少年处在变声期，声音在嗓子眼儿里呜噜呜噜的。

“嗯，能活着出来，我们都很幸运啊。”巴尔萨说完，接着又有些严厉地说道，“不过，带着妹妹去试胆，可不是一个已经被授予短剑的男子汉该做的。你让妹妹也身处险境了。”

少年怯怯地眨了一下眼睛，趴在巴尔萨身后的妹妹马上开口道:

“要进去找白磨石的不是哥哥，是我。”

声音出乎意料的坚定。巴尔萨在洞穴中瞟见她时，觉得她只有十岁左右，现在感觉好像已有十二三岁。

“‘乡’里有一个很讨厌的人，老是得意扬扬地说自己有族长直系血统，还嘲笑我和哥哥是旁系生的，说我们如果进去找白磨石的话，肯定回不来。所以，我才……”

巴尔萨忍不住笑了起来:

“原来如此。理由我是明白了，但是要拿命来赌的话，这个理由还是太轻率了。可不能小看这些洞穴，你们今晚差点儿就没命了。”

两个人都不说话了，大概是因为又想起看到索鲁时的恐惧了吧。巴尔萨感觉到背上的少女在颤抖，于是摇了摇她:

“可不要再跑进去了哟。”

她感觉到少女在背后点了点头。

“对了……你们是这附近‘乡’里的孩子吗？”

“是的。我叫卡萨，是穆萨族里童诺的孩子。我妹妹叫吉娜。”

巴尔萨大吃一惊，目不转睛地盯着少年的脸。

这难道是命运的牵引吗？穆萨族是吉格罗的氏族，虽然没有听说过童诺这个名字，但事隔二十五年后回到故乡，第一个遇到的人竟然是吉格罗族人的孩子。

原来……如此。

巴尔萨在心里默默地想。正因为这里是吉格罗族人的领地，所以吉格罗才会对这个洞穴如此熟悉。当时带自己逃离的时候，他之所以选择从这条路逃往新约格王国，可能也是出于这个原因……

“你是外国人吗？”

卡萨怯怯的声音让巴尔萨回过神来。

“嗯？”

“因为你穿的衣服像是新约格王国人的，说话的方式也有点儿……”

“啊……”

自从吉格罗去世后，巴尔萨几乎再也没有讲过坎巴语，所以刚才在讲坎巴语时就像是在唤醒久远的记忆一般，给人怪怪的感觉。对此，恐怕兄妹俩也有所察觉。

“我不是外国人，我是在坎巴出生的。只是，在外面待的时间太久……”

说着，巴尔萨突然开始戒备起来。

自己回坎巴的目的是要找到吉格罗的家人，告诉他们逃亡的真正原因。但在此之前，必须弄清这些人是怎么看待吉格罗和自己的逃亡才行。

吉格罗和巴尔萨的逃亡，与王族的阴谋有着密切的关联。如果随便说出自己的身份，说不定会招来意想不到的危险。

巴尔萨活到现在，看尽了世间的阴暗，凡事小心再小心已经成了她的习惯。

巴尔萨低头看了看少年，说道：

“你们叫卡萨和吉娜是吧，我有事要拜托你们。”

卡萨点了点头。

“在洞穴里碰到我的事，不要告诉任何人。就当成是你自己救了你妹妹。”

虽然天色太黑看不清楚，但巴尔萨觉出卡萨的脸色阴沉了下去。

背上的吉娜问道：

“为什么不可以讲你的事？如果你跟我们一起回家，父亲和母亲一定会好好招待你的。和我们一起回去，好不好？”

“谢谢了。可我这么做也是迫不得已。”

为避免引起坎巴人的猜疑，巴尔萨早就想好了借口：

“因为我现在正在‘赎罪修行’。”

“赎罪修行”，是指为那些犯了重罪，但还没来得及赎罪就已经去世的亲人或爱人赎罪的苦行。坎巴人认为，带着罪孽死亡的人的灵魂，会在地底的“山之王”的王国里变成奴隶，永世不得超生。要拯救这些灵魂，必须有人舍弃自己以往的生活，在不断的游历中修行。

巴尔萨在走访了很多国家以后发现，大家对于人死后灵魂去往哪里有着不同的信仰。她不知道哪个国家的人说的才是对的，但她并不是很在意，她想，人迟早会死，死了以后自然会知道。

“赎罪修行”的人为了表明自己正在修行，通常，女人会穿上男人的衣服，头绑红布。在坎巴，平常是没有女人拿着长枪走动的，巴尔萨的装扮会很招眼，但如果说自己正在“赎罪修行”，那就变得顺理成章了。

巴尔萨心想：何况……事实上，自己也是在替吉格罗“赎罪修行”，不完全算撒谎。

巴尔萨对兄妹俩说道：

“我不是为我自己，是为了我养父的灵魂。所以，如果被你们的父母知道了，为了谢我而招待我，那我所做的善行就没用了。知道了吗？救你们的事，一定要替我保密。”

两人似乎接受了这种说法。

“现在，你们可以自己回家了吗？”巴尔萨问道。

卡萨点了点头。

“那好。嗯……对了，你的火把呢？”

“我拿着呢，就是火已经灭了……”

巴尔萨看了看卡萨举起来让她看的火把，皱了皱眉头。火把的上方，好像是被锋利的刀剑削去一般，十分平整。

巴尔萨想起来了，在听到口哨般的声音的同时，她看到了一个发光的东西飞向火把。难道是索鲁扔出来的刀？

如果是刀，那应该是把刀刃宽厚且锋利的刀。虽然刀是可以把火把劈成两半的，但是让火焰在瞬间熄灭的招数，只凭将刀扔出来就可以做到吗？

巴尔萨歪着头想着，但很快就回过神来，告诉自己现在不是想这种事情的时候。

巴尔萨把吉娜从背上放下来，让卡萨背着，从口袋里取出打火用的工具，很快就重新点燃了火把。她把火把递到吉娜手里，向卡萨问道：

“这样能撑到回家吗？”

“可以。”

这是巴尔萨第一次看清楚卡萨的长相。脸圆圆的，眼睛和鼻子都很小，整个人看上去有些单薄，却是一个认真呵护妹妹的少年。趴在他背上的吉娜，则是一个将三股辫子盘在脑后的肤色微黑的少女，尽管眼里显露出几分不安的神色，但紧闭的嘴唇却给人以坚强和刚毅的印象。

“那就这样吧，再见。”

说完，巴尔萨似乎又猛然间想起了什么，向二人问道：

“对了，你们可以告诉我离这里最近的拉萨垆（集市）怎么走吗？”

“最近的拉萨垆叫苏拉·拉萨垆。从这里一直下到那边的谷底，大概一个小时就到。苏拉·拉萨垆是穆萨族领地里最大的拉萨垆，那里有旅馆。”

巴尔萨道过谢后，转身大步离去。她今晚并不想投宿旅馆，而是决定露宿野外，待明天天亮，旅行者四处走动也不会令人生疑的时候再去拉萨垆买坎巴人穿的衣服。她心里清楚，就算要做什么，也必须等到她买了衣服、换了装以后。

巴尔萨很快消失在黑暗中，兄妹俩朝着家的方向迈开了步子。

“哥哥……”吉娜低声叫道，“哥哥……对不起。”

卡萨没有回答。他心想，这可不是道个歉就算完的事儿。

这个时节的白天比较短，为了节省灯油，当地人每天只吃早饭和晚饭两餐。太阳下山时，吉娜应该已经吃过晚饭、钻进被窝了。卡萨因为要练习长枪，所以也在傍晚时分回到了家中。

就在这时，卡萨发现一根从阁楼间的小窗户垂挂下来的粗绳子。

坎巴平民的房子，都是由不易积雪的陡峭屋顶和石块堆砌的墙壁构成的，总共就一个房间。不管家里有几个人，都满满当当地挤在这一个房间里生活。

不过，因为卡萨家属于武士阶层，所以房子里还有一个阁楼间。这个阁楼间用木板隔成两间，就成了卡萨和吉娜的房间。话虽如此，它也只是空有“房间”这个名头，内部空间十分狭小，站起身的吉娜连头也抬不起来。

总之，从这个阁楼间的排烟小窗户上，垂下来一条晃动的绳子。一看到这条绳子，卡萨就知道妹妹想要干些什么。于是，他也尽量不让父母知道，像平常一样钻进被窝，装出熟睡的样子，然后悄悄地从窗户溜出去追吉娜了。

途中，他还去工具房取了个火把，带着跑到洞穴。卡萨对自己的速度很有信心，以为自己能在到达洞穴之前抓到吉娜，但这次好像并不是那么顺利。在此之前，卡萨一次也没有进过洞穴。他不明白那些为了试胆或别的什么原因进入洞穴的家伙到底是怎么想的。为什么会因为那些理由就敢冒生命危险？有这个必要吗？如果要证明自己的胆量，关键时刻展现出来就可以了。为了无聊的事让自己置身危险中，简直愚蠢透顶。

但卡萨却十分明白吉娜想进洞穴的心情，西姆那高高在上的态度实在让人愤怒。尽管同样是武士阶层，西姆却说除了族长的直系，其他人都算不上真正的武士……

白天，西姆在“乡”里的学校中说的话深深刺伤了卡萨和吉娜。

西姆说：

“我告诉你们一个从我父亲那儿听来的秘密。实际上，除了像我和我父亲这样拥有族长直系血统的武士，其他的人都只不过是和他国作战时需要的士兵而已。

“而我，可能哪一天就会成为父亲大人那样的‘王之枪’，进入洞穴深处，与身为‘山之王’战士的索鲁交锋！”

西姆用严肃的口气居高临下地对着卡萨继续说道：

“但是，你们和知道秘密仪式的我不一样，进入洞穴只有死路一条。”

卡萨还没来得及回应，吉娜就已勃然大怒：

“哦？你的意思是你进去就不会死了？那你证明给我们看看！你手里有白磨石吗？”

西姆笑了，眼里满是拿小孩子没辙的神情。接着，他把手伸进怀里，很快拿出一个近乎透明的、光滑的白色石头，对他俩说：

“喏，给你们看看吧。这个就是白磨石。”

西姆用拇指轻轻摩挲着手掌上的石头，继续说道：

“拥有族长直系血统的男子年满十五岁就要跟父亲逐一学习秘密仪式的知识，然后开始长期的修行。当然，修行的内容也是秘密，我不能说，但我已经持续修行了一年以上。小孩儿们测试自己胆量这样的事，我看不过是场游戏罢了。”

那时，卡萨觉得西姆的声音变得好远好远。

西姆个子高，力气也很大。跟他相反，卡萨能够自豪的也就只有跑得快和善使长枪了。即便是在所有氏族少年当中，他都只是个头很矮、不怎么有力气的那个。

但卡萨觉得这跟西姆方才所讲的完全是两回事。

就算个子矮小，就算没有力气，只要肯努力，武艺是可以一点点进步的。但出身却无论如何也改变不了。这就好比即便出生在同一个氏族，平民和牧童出身的少年也绝不可能成为武士一样。

坎巴最高等级的武士，被人们称作“王之枪”。“王之枪”共有九位武士，平常生活在王都里，紧急情况下，他们便是保卫国王的最后一道屏障。

但据说这些“王之枪”之所以拥有最为耀眼的光环，是因为只有他们才可以代表生活在坎巴大地上的人们去会见地底之王“山之王”。

“王之枪”只能从各氏族拥有族长直系血统的男子中挑选。

所谓拥有族长直系血统的男子，是指各氏族中继承第一代族长血统的男人。在坎巴，武士的血统由父亲延续给儿子，族长的女儿所生的儿子被称作旁系，不被视为族长的直系。

拥有族长直系血统的少年们会被授予短剑，待长到十五六岁就会离开“乡”到王都去定居。这样做，是为了让他们在王都学习作为上流阶层的武士所必须具备的举止礼仪和知识。

在这些少年中，每个氏族只能挑选一名当“王之枪”的随从，成为下一任“王之枪”；而不能成为“王之枪”随从的少年，其中最年长的则将回到“乡”里成为新一任族长。

至于那些既不能成为“王之枪”又不能成为族长的人，要么继续留在王都大显身手成为大臣，要么回到“乡”里辅佐族长。

总之，西姆很快就会离开“乡”到王都去，或许会像他的父亲尤格罗一样，成为王国里最高等级的武士，坎巴“王之枪”中的一员。

而卡萨却只能像父亲童诺一样在“乡”的城墙外安家，冬天去邻近的新约格王国打工，春天到秋天则领着牧童们一起放牧坎巴山羊，要想发挥武士的才干，只有等到战争爆发的时候。

卡萨很羡慕西姆，但在内心深处似乎又已经放弃了成为武士的想法。

而吉娜年纪还小，想问题一根筋，她不会因为知道了自己的未来无法改变而选择放弃。

和西姆分开后，回家的路上，吉娜抬头看着卡萨问：

“哥哥，我们身上也流着族长的血吧？”

吉娜指的是母亲。现任族长是加格罗，他的弟弟尤格罗是西姆的父亲。卡萨和吉娜的母亲，是加格罗和尤格罗最小的妹妹。

“这根本……没用。武士的血统是父亲传给儿子的。”

吉娜生气地看着卡萨。

“哥哥，你太容易放弃了！平民的孩子里不也有拿回了白磨石的人吗？”

重点不是能不能拿回白磨石，卡萨心想。不过他也没有心情向妹妹解释。吉娜气鼓鼓地一言不发，但她在盘算着什么，卡萨心里清楚。

“吉娜，不要做傻事。”

吉娜瞪了卡萨一眼。

“傻事？什么傻事？”

“你别想着跑到洞里去取白磨石。”

吉娜还没来得及回答，他们的朋友拉拉卡从后面追了上来，于是这个话题就此打住。接下来的两天跟平常没有两样，直到卡萨看到从阁楼间小窗户垂下来的绳子时，他才想起了和妹妹的这段对话。

卡萨跑到洞口，在火把的映照下看到留在洞穴地面上的小小的脚印，卡萨对吉娜的胆量惊叹不已。虽说是为了不让家人发现才选择在这个时间偷跑出来，但这个洞穴即便是在白天也分外恐怖，而敢在太阳落山后再进去的孩子，恐怕也就只有吉娜了吧。

卡萨在洞口犹豫了一下。他想，说不定在这里等着，吉娜自己就会出来。可是，他左等右等，也没有见到吉娜的身影。

他心里有了一种不祥的预感。

吉娜没有拿火把？吉娜看上去大大咧咧的，做事还是很谨慎的，她一定会摸着岩壁慢慢进去，应该不会迷路的。卡萨在心里安慰自己。

即便如此，时间也太长了。吉娜在里面做什么呢？

挖白磨石太费事了？白磨石在洞穴的深处？卡萨的脑子里冒出一个又一个念头。但不管怎么想，他都会想到索鲁。

卡萨突然想起以前有个牧童说过，索鲁有时会在夜里来到洞穴口附近，窥视外面的情况。

我还是回去叫父亲和大人们来吧……

可他又转念一想：如果在我回去叫人来的途中，吉娜遇到了索鲁的话……

卡萨坐立不安，终于走进了洞穴。他右手拿着火把，左手摸索着岩壁，沿着粗糙的沙地上吉娜留下的脚印往前走。因为害怕被索鲁听见，他连吉娜的名字也不敢叫。

洞穴越往里走越宽敞，没过多久，只见火把的光亮反射在岩壁上，发出耀眼的光芒。

是白磨石和绿白石……

一时间，卡萨忘记了吉娜，他捡起散落在脚边的一小颗白磨石。石头滑溜溜的，摸起来光滑舒适，卡萨将它放进怀里。

西姆那个家伙，也没什么了不起的。

卡萨笑了。

这时，突然从很近的地方传来吉娜的惨叫声，卡萨慌忙向声音传来的方向跑去。他刚转过拐角，便被眼前的景象吓得毛骨悚然。借着火把的光亮，他看到了躺倒在地上的吉娜和正要扑到吉娜身上的黑色物。

吉娜要被吃掉了！

一想到这个，卡萨的身体就动弹不得了，非但没能伸手去拔短剑，反而全身像被冻住了一样，就连喊都喊不出来。

卡萨背着妹妹，感受着她身体的温暖和重量，越发感激那位身为“赎罪修行者”的女人。如果她没有在那个时候出现的话，他俩便无法像现在这样活着回来了。突然，他对自己还活着这件事感到无比庆幸。

只是想起那时候，自己明明要救妹妹，却连一根手指都无法动弹的样子，卡萨内心深处感到像是刀割一般的疼痛：

在我身上，果然没有流着能够成为“王之枪”的血……

“哥哥。”

像是听到了卡萨心底的私语，吉娜开口说道：

“我觉得，西姆说的话是骗人的。”

“嗯？”

“因为，那个女人不是和索鲁战斗救了我们吗？那个人，那个女人啊。她没有氏族直系血统，也不是男人，可她也打赢了索鲁呀。”

卡萨不由得停下了脚步，吉娜说得确实一点儿都没错。

“是吧？”

“是……没错啦。但也可能是她正在‘赎罪修行’，不怕死的缘故。”

吉娜笑了起来：

“不管怎么样，只要有豁出性命的决心，就跟血统啦，男的女的啦没关系。”

吉娜高兴地说罢，又补上一句：

“我想明天就去见西姆。”

“别，我们不能告诉西姆那个人的事情。我们不是答应要替她保密吗？”

“哦，对呀。”

吉娜沉默不语了。这时，卡萨突然觉得背上有什么东西在乱动。

“搞什么呀？你本来就很重，就不要乱动了。”

吉娜的拳头已经伸到了卡萨眼前：

“嘿嘿嘿，就算不讲那个人的事情，我也可以打败西姆。索鲁压过来的时候，有一个冰冷的小东西掉到我的领子里，一定是被索鲁带在身上的白磨石。”

什么嘛，白磨石，我也有。卡萨正想开口，却吃惊得说不出话来，因为从吉娜握成拳头的手指间透出了一缕淡淡的青光。

“这、这……”

吉娜摊开手掌，露出手里握着的东西。她在卡萨背上小声尖叫起来。

吉娜握着的不是白磨石，而是绿霞石。

到由加姑姑的义诊医院去

苏拉·拉萨垆位于像一只倒扣着的碗一样的山谷底部，约莫有三十家店铺，集中开在通向东西南北四个方向的十字路口周边。昨晚，虽然卡萨很自豪地宣称这里是穆萨族领地里最大的集市，但在见多识广的巴尔萨眼里，这不过是一个很小的集市罢了。

每间店铺的构造都很简易，石头堆砌的墙壁加上稻草的屋顶，商品全摆在店外的露台上。其中，出售从南方国家进口的果脯和粮食的店铺格外显眼。坎巴是多山之国，尽管人们削平坡地开垦出梯田，但种植的主要是一种名叫嘎夏的薯类作物，要种植足以供给全国的谷类作物还十分困难。

因此，一直以来，坎巴的一大半的谷类都是坎巴国王从新约格王国和桑加尔王国等一些南边的国家进口，再批发给商人让他们以低价出售给老百姓。

坎巴王国是一个贫穷的多山之国，但也拥有其他国家所没有的财源——绿霞石。这种在黑暗中会发出青光的宝石相当值钱，小手指指甲盖大小的石头就可以换来整个氏族半年所需的口粮。

但这种宝石，哪怕贵为国王也是不被容许随意挖掘的。因为它不属于坎巴王，而是属于尤萨山脉下的地下王国的国王“山之王”。

大概每过二十年，奇妙的笛声就会从尤萨山脉的山底传来，人们称之为“山之王的笛声”。据说这是地下之王“山之王”邀请地上之王坎巴王的笛声。在举行仪式之日，坎巴王会在坎巴最厉害的长枪高手“王之枪”的保护下下到地底。在那里，“山之王”会赠送绿霞石给坎巴王以示友好。

可这个绿霞石馈赠仪式是只有国王、“王之枪”和他们的随从才知晓的秘密仪式。实际上，这个仪式是如何在地上之王和地下之王之间进行的，一般人根本无从得知。

传说远在千年之前，有一个勇敢的青年独自到洞穴中游历时误入了地下宫殿。他在那里邂逅了一个美丽的女孩并爱上了她，而这个女孩是“山之王”的女儿。“山之王”对青年说：“若想娶我的女儿，就用长枪与我的儿子来一场决斗，赢了，我便答应你。”青年接受了这个挑战，同“黑暗守护者”索鲁展开决斗，而后精彩地赢得了胜利。

“山之王”对这个青年很满意，便准许女儿去到地上、在太阳下生活。同时，为了地上和地下两国的繁盛，每隔几十年，“山之王”就会赠送礼物给女儿的子孙后代，而这个礼物便是绿霞石。

青年因娶回“山之王”的女儿而成了英雄，他当上了本族族长，而后又一统其他九个氏族，成为第一代坎巴王。而在接受“山之王”赠予的绿霞石的同时，他也发誓，只要国家存在一天，就不会让坎巴十个氏族的族人挨饿。这就是国王用绿霞石去购买粮食，然后再便宜分售给国民这一制度的开端。

而且，青年还和“山之王”约定，要回赠“山之王”地下世界里没有的东西——坎巴山羊的肉干和用羊乳做的拉嘎（奶酪）。因此，坎巴的九个氏族属地，除了每年的赋税，还要在“山之王”的笛声响起到举行绿霞石馈赠仪式期间，准备好一百只坎巴山羊的拉嘎和肉干，送到坎巴王那里。

去苏拉·拉萨垆买东西的只有穆萨族的人，那里完全见不到旅行者的身影。因此巴尔萨格外显眼，人们一看巴尔萨就知道她是从外国来的，她走到哪里人们的视线就跟随到哪里。巴尔萨暗自庆幸，自己谨慎绕远而行，从和昨晚穿过的洞穴完全相反的方向来到拉萨垆，真是再正确不过了。

巴尔萨终于在拉萨垆的正中间看到一家卖衣服的店铺。店外的露台下摆着长皮靴，露台上则摆放着五颜六色的衣服。坎巴的衣服大多颜色鲜艳，这是因为在风雪中受困时，穿着显眼的衣服更容易获救。店里的墙壁上，挂着一个用坎巴山羊毛编织的、厚实的卡奴（披肩）。

店主是个高个子男人，有着一张和自己卖的硝制的毛皮一样的脸。他一直盯着巴尔萨挑选衣服，总觉得她形迹可疑。当看到巴尔萨拿起男人的衣服时，他的眉头就皱得更深了：

“你想买这个？这……可是男人用的。”

一听到这种在喉咙里打转、含混不清的声音，巴尔萨就想起了自己的老保姆，老保姆也是这样说话的。这种平民阶层的说话语气令巴尔萨十分怀念。

“男人用的没关系，我现在是‘赎罪修行者’。”

店主似乎吓了一跳，眨了一下眼说：

“啊，是这样呀。”

刚刚还板着的脸现在柔和了许多：

“那可不易啊。你打哪儿来？”

这时，就连其他店铺的店主和客人也都竖起耳朵来听这边的对话。巴尔萨没办法，决定适当地满足一下他们的好奇心：

“从新约格王国来。我出生在坎巴，但从小就被父亲带去，是在那边长大的。父亲在新约格王国因犯罪去世了，我打算在故乡替他‘赎罪修行’。其他的……就请您不要再问了。”

店主慌忙摆手说道：

“哎呀哎呀，不好意思，我没有要向你打探的意思。只是，你这长枪上的图案和我们族长的很像，所以我在想你俩是不是有什么关系。还有就是，你这一身外国人的打扮，让我有些好奇。”

巴尔萨感到自己的心跳越来越快。

糟了。

她从来没有想到过竟然有人可以仅凭长枪上的图案就一眼认出它是谁的。她立刻装出大吃一惊的样子：

“咦，是吗？这是我父亲的遗物。我记得父亲不是穆萨族的……”

“哦，这样啊。那或许别的氏族也有相似的长枪吧。哎呀，我多嘴了……这个衣服和长靴一共五十那卢（坎巴王国的货币单位）。腰带送你，算是我对你‘赎罪修行’的一点儿心意。”

巴尔萨拿出新约格王国的银币：

“这里可以用约格银币吗？”

“嗯，可以。秋天这个时候，有很多约格的商人会来这里采购毛皮。一枚约格银币，换一百那卢。”

身后，一个女人沙哑的声音响了起来：

“人家是‘赎罪修行者’，你还好意思敲竹杠？应该换一百一十那卢吧。”

是对面店铺女主人的声音，别的客人跟着哄笑起来。

“我才没敲她竹杠嘞！我们店对约格的商人就是这么换的！”

店主反驳道，一只眼对巴尔萨眨了眨。

“把那件坎巴山羊毛的卡奴也带上？总共算你一枚约格银币。你在约格待了太久，可能不知道坎巴的冬天就要来了。那种冷呀，简直都要把骨髓冻成冰。这卡奴是用肥硕的坎巴山羊的羊毛织成的，防水防虫。”

巴尔萨苦笑了一下，说：“那我带上吧。”她先前做保镖时，从新约格王国二王妃那里得到的报酬，如果省着点儿花，十年都可以衣食无忧。巴尔萨从来没有像现在这样有钱过。但她把这些报酬的一大半都寄放在发小草药师唐达那里，身上只带着够她一年用的。

“不过，你可以再给我换一枚约格银币吗？一百那卢就行。”

“稍等，我看够不够换……”

店主站起来，打开自己坐着的箱子，数了数，似乎还有余，便将那卢换给了巴尔萨。

“谢谢。我还想……向您问个路。”

“你问就是了。”

“去邕萨族的领地怎么走？”

“邕萨啊，就在那座山的另一边。等等，我有个好东西。”

店主从店里拿出一张薄薄的皮，对巴尔萨说：

“这是专门卖给外国商人的地图，我半个那卢卖给你。”

虽然是张很简略的地图，但上面画有十个氏族的领地和通往王都的道路，对巴尔萨来说已是一张很有用的地图了。

巴尔萨付了半个那卢买下地图后，离开了这家商店。刚走了几步，只觉一股香味扑鼻而来，好像是油炸罗索（一种食品）的味道。罗索是一种用嘎夏做的东西，把嘎夏捣碎，压得薄薄的，揉进充足的拉（奶汁或奶油），再加入各种配料油炸，油炸罗索就做好了。

一闻到这个香味，巴尔萨的肚子突然饿了起来。她夹在那些午餐吃得较早的商人中间，买了一个加了油荚（一种酸甜的树果）的罗索，一个加了拉嘎和肉馅的罗索，还有羊乳发酵而成的拉卡（奶酒），坐在路边的露台上吃了起来。

咬了一口刚炸好的罗索那又脆又香的外皮，融化了的拉嘎的味道就在口中蔓延开来。巴尔萨抬头看着天空，那是北方国家特有的、淡蓝透明的天空，雕在遥远的高空飞出一道圆弧。因为气候干燥，清淡的拉卡喝起来格外清爽。

得去马厩借匹马，争取今天穿过这个山谷，进入邕萨族领地。巴尔萨心中暗想。

巴尔萨是邕萨族人。虽说她回到了故乡，但她的父亲已经不在了，母亲也在她五岁时就去世了，对于祖父母，记忆里更是没有丝毫的印象。她唯一还记得的亲人，就是父亲的妹妹由加姑姑。

巴尔萨只记得姑姑个子很高，在母亲去世以后，曾带着零食和饭菜来看过自己。照吉格罗后来告诉她的说法，由加姑姑似乎是个有些古怪的女人。

巴尔萨的父亲卡纳出身于邕萨族的武士阶层。但在学校里，他的灵巧和聪明比他的武艺更有名。或许是虽属武士阶层但非氏族直系的缘故，卡纳在十六岁时放弃成为武士，继而选择走上了医师的道路。而他的妹妹由加虽身为女性，竟然也追随他进入了王都的最高学府，立志要成为医师。据说她是得到了族长的许可才被送到王都的。

吉格罗说，因为由加比卡纳还要聪明，与其让她像普通女人那样结婚生子，还不如让她成为医师，对整个氏族也有好处——族长大概是出于这样的考虑才答应的。这就是为什么后来卡纳成了王族的御医留在王都，而由加成为医师后却回到了自己的氏族领地。

巴尔萨心想，要先去见见这个姑姑，把从父亲被杀到现在为止发生的事情告诉她。

坎巴的氏族领地是以尤萨山脉的山褶为界的。山上满是岩石，是放养坎巴山羊的地方，而山下的斜坡上则是被开垦出来的梯田，略微平坦些的地方被称为“乡”，聚集了几十户人家生活在这里，外面用矮墙围起来，如同村庄一般。这些“乡”分布在山褶周围，一个氏族有五千人左右。

通常情况下，道路都沿着山谷延伸，而谷底有拉萨垆。

巴尔萨在苏拉·拉萨垆的马厩里选了一匹毛长腿短、看起来就很耐寒的马。在人迹罕至的森林里的泉水旁，巴尔萨梳洗完毕后换上了刚买的衣服。她穿惯了轻便的约格服装，总觉得坎巴的衣服硬邦邦、沉甸甸的，不过身体倒是立刻暖和了起来，尤其是卡奴，穿起来格外温暖。昨晚露宿野外实在太冷，觉也睡不安稳，今后或许就能睡个好觉了吧。

太阳落山之前，巴尔萨抵达了穆萨族和邕萨族领地的交界处。说是领地交界处，却也只不过是在位于山脊处的、连接两族领地的街道的两侧，设了两个相对而立的石头墩。穆萨和邕萨两族关系极好，两边的哨兵都很悠闲，通常只是一边喂山羊，一边目送往来的行人。

巴尔萨从哨兵们那里打听到离这里最近的旅店，那天晚上，她久违地在床上睡了一觉。在新约格王国，人们都裹在一种叫“希鲁雅”的被褥里，躺在火炉旁的地板上入眠。巴尔萨已经习惯了那种方式，因而当她裹着带有霉味儿的被子，躺在石壁炉旁简单搭起来的大木床上时，总觉得有些怪异，不禁在心里苦笑道：

故乡，对自己而言倒更像是异国。

由加姑姑在邕萨似乎很出名，旅馆的老板知道她，说她在族长住的“乡”附近的山谷里经营着一个义诊医院，从这里骑马去约莫要一个小时。

第二天早上，巴尔萨在旅馆吃完早饭，便朝着姑姑的医院出发了。她沿途望见许多女人在田间刨嘎夏的身影，而斜坡上石头围成的梯田里那干巴巴的土壤，则让巴尔萨再次感受到了故乡的贫瘠。

在远处高高的满是石头的山上，可以看到牧童们放牧坎巴山羊的点点身影。老鹰在上空盘旋，寻找着山羊的尸体和小山羊。

闪耀着白色光芒的雪峰高耸入云，仿佛在俯瞰着这一切。

大风加上干燥的空气使巴尔萨的嘴唇开裂了，她觉得有些疼。

爬上一个不算高的山丘，像碗一样宽广平缓的山谷尽收眼底。山谷北边的高岗上的房屋是族长的宅邸。一个和苏拉·拉萨垆很像的拉萨垆坐落在山谷的底部，在离拉萨垆稍远的地方有一间用小石头合围起来的房屋。巴尔萨猜想，那应该就是姑姑的医院了。

离医院越近，巴尔萨越是觉得不可思议，自己似乎曾经见过这座房屋。也许是小时候父亲带自己来过这里吧。当她走到用黑色石头堆砌的墙边，看到伸出墙外的油荚树枝时，她越发坚定了自己的这种想法。

红色的油荚果把树枝压得弯弯的，熟透的油荚果的香甜气息随风飘来。

巴尔萨从马上下来，抬头呆呆地望着那挂满油荚的树枝。木门里好像有人，似乎是个做杂活的老人，身材矮小，手里拿着状似锄头的工具，一直盯着这边看。

“请问这里是由加女士的义诊医院吗？”

巴尔萨主动问，老人点了点头。

“是的。你哪里不舒服？”

“不，我不是病人。我来这里是想见由加女士。”

老人露出不知如何是好的表情，疑惑地看着巴尔萨的长枪。但就在下一刻，老人不必烦恼了。大概是感觉到了有客人来，一个五十岁上下、身体健壮的女人出现在了门口。

她穿着柔软的毛衣，将夹杂着银丝的头发绑在脑后。一看到她那浓密的眉毛、结实的下巴，还有那漆黑的眼眸，巴尔萨就认出她是由加姑姑。

“我是由加，找我有什么事吗？”

对方语气十分平静，巴尔萨却感到心突突地跳了起来。

“由加姑姑……”

原本告诫自己行事需小心的念头，在瞧见姑姑的一瞬间消失得无影无踪。

“我是巴尔萨，卡纳的女儿。”

姑姑的脸上顿时浮现出一种“我不知道你到底在说些什么”的难以置信的表情，随后还板起脸厉声问道：

“为什么要冒充我的侄女？”

语气听上去沉稳却不容置疑。姑姑只认得六岁以前的巴尔萨。要想在历经人世艰辛、现已年过三十的巴尔萨脸上找回曾经那个小女孩的影子，的确是件困难的事。巴尔萨能做的唯有直视姑姑的面庞，温和地说道：

“我没有冒充，我真的是巴尔萨。”

姑姑的眼神略微有些动摇：

“你不可能是巴尔萨那孩子。可怜的巴尔萨，她六岁的时候就已经死了。”

“咚”的一声，就好像有什么坚硬的东西砸在了巴尔萨的胸口上一样。

虽然早就料到会是这样的结果，但亲耳听见这话从姑姑嘴里说出来，巴尔萨还是觉得心痛。

她静静地问道：

“姑姑，您看到遗体了吗？”

姑姑的脸变得苍白起来：

“没有……但，听说那孩子掉进了自流井……被地下水冲走了。”

“姑姑……”

巴尔萨忍不住打断了姑姑：

“我还记得这个油荚的树枝。虽然不记得是几岁的时候了，但我还记得自己从这个树枝上摔下来过，把胳膊给摔断了……”

姑姑的脸色由白转青，嘴唇微微颤抖着。突然她紧闭双唇，死死地盯着巴尔萨。

仿佛是在寻找什么，姑姑一直紧盯着巴尔萨的脸。不久，她用颤抖的双手拢了拢头发。

“梦之女神露苏拉啊，难道我一直是在睁着眼睛做噩梦吗？”

姑姑喃喃自语道。

坎巴“王之枪”

卡萨和吉娜思前想后，苦恼异常，最后决定向父母和祖母坦白一切。如果只是进洞试胆的话，只要不被发现，不说也没关系。可毕竟事关绿霞石，两人背负不起如此巨大的秘密。

如果现在去吵醒父母，那会惹他们更不高兴，于是两人决定第二天早上再说。到家以后，卡萨先爬进窗户，然后又拉着吉娜也爬了进去。

这天晚上，兄妹二人都没有睡好，每当迷迷糊糊要睡着的时候就又醒了，一直反复了好多次。好不容易挨到天亮，他们终于松了一口气。

虽然心里害怕向父母坦白，可吉娜说得对，不好的事情要赶紧解决。背着这么一个沉重的秘密，烦恼和痛苦只会不断加重。

吉娜拖着双腿，下楼来到起居室，母亲最先注意到了吉娜的腿，问道:

“吉娜，你的腿怎么了？”

吉娜看了一眼卡萨。卡萨豁出去了，叫住正准备出门干活儿的父亲：

“父亲大人，请等一下。我们有话必须对您说。”

听着两人交替讲述昨晚发生的事，母亲的眼睛不时瞪得溜圆：

“哎呀！这太愚蠢了！你们差点儿就没命了呀！”

母亲激动起来，打断了他们的话，抓住吉娜的肩膀把她拉到身边，突然一把抱住，随后啪的一巴掌打在吉娜的屁股上。

“喂，丽娜，先别急着打孩子。”

父亲让大吵大闹的母亲平静下来，重新转过身来面向卡萨说：

“卡萨，继续讲。你刚刚说索鲁压在吉娜身上？”

“是的。然后我就把火把扔了过去，再然后，索鲁就逃走了……”

父亲的眼神变得严厉起来。被父亲盯着，卡萨连话都讲不出来了。

“卡萨……你想撒谎骗我吗？”

卡萨求救似的看了一眼吉娜，吉娜也早已是脸色煞白。虽然那位女“赎罪修行者”说要为她保密，但卡萨面对父亲，怎么也说不了假话。所以即便是和吉娜事先编好的谎话，自己说出来以后也觉得很虚假，而且被父亲这么一追问，卡萨马上就扛不住了。

“其实……是一位‘赎罪修行者’救了我们。”

好像河水决堤一般，卡萨把事情和盘托出。父亲听着，但还是一脸狐疑。直到最后，吉娜把绿霞石拿出来交给父亲，他的脸色才突然变得苍白。

绿霞石那神秘的美丽，在晨光下依然如旧，宛如从澄澈的泉水深处透出来的晶莹的青光，淡淡地照耀着父亲的脸庞。

这还是卡萨长这么大第一次看到父亲露出这样的表情。父亲拿着绿霞石的手不停地颤抖着，而母亲、祖母都屏住了呼吸，盯着这块散发着青光的宝石。

打破沉默的是吉娜：

“父亲，有了这个……我们家就能成为有钱人吗？”

听到这话，大人们突然你看看我、我看看你，但最终父亲摇了摇头，说道：

“吉娜，绿霞石是坎巴王的宝物。你上学应该知道，这种宝石，普通人是禁止拥有的。”

“可，这是我拼了命带回来的宝石呀。我们如果偷偷卖给外国商人，不就可以变成有钱人了吗？那样，父亲您就再也不用去打工，我们每天都可以过着夏天那样的日子，每天吃三顿饭了……”

大家沉默了，因为谁都清楚这么做是不行的。就算完全明白事情轻重的大人也还是忍不住要去想：如果偷偷卖掉绿霞石，就能得到一大笔钱……一时间，这美丽的梦开始萦绕在众人的脑海里。

没多久，大人们就开始苦着脸叹起了气。母亲摇了摇吉娜的肩，说道：

“你的想法太简单、太丑陋了。我们就算能这样做，也不会幸福的。你想想，我们突然变成有钱人，该怎么跟族人解释呢？就算我们可以想到一个很好的借口瞒住他们，但是只有我们变成有钱人，这样，你觉得幸福吗？”

母亲的话，最初像是飘浮在空气里。但不久，这些话里所包含的令人痛苦的现实缓慢地降落下来，沉入每个人的心底。

父亲摇了摇头，说道：

“总之，这件事太大了，我们家背不起这个秘密。我要带着绿霞石去跟族长加格罗大人好好商量一下。

“卡萨，今天下午放学以后，你在学校门口等我，和我一起到加格罗大人那里去把发生的事情重新说一遍。”

卡萨全身颤抖起来，他很害怕族长加格罗大人。很久以前，在冬季狩猎野狼时遭到野狼攻击而失去右眼和右手的加格罗大人，是一个既可怕又严厉的老人。

“可是父亲大人，我们答应过那位舍命救我们的‘赎罪修行’的女人一定会保守秘密的……”

“我并不认为那个女人是‘赎罪修行’的人。正因为这一点，我反倒觉得必须告诉加格罗大人。首先，这个‘赎罪修行者’是从哪里来的？用你们的话说，她是从洞穴深处来的。她还打赢了索鲁，在黑暗里一点儿也没有迷失方向就把你们带到了外面，是吗？

“好好想想。在这个世界上，有本事做到这一切的人，只有像族长的弟弟尤格罗大人这样的‘王之枪’。

“但是，在这个世界上不可能有女人会是‘王之枪’，更何况她还对穆萨族的洞穴那么熟悉……如不谨慎，说不定会出大事。”

卡萨只觉得浑身变得越来越冷。

“可这个人救了我们的命！她是我们的救命恩人，我们不能出卖她。”

吉娜说完，父亲回答道：

“冷静点儿。我又没说要加害那个女人。只是你们想想，如果这个人正在策划一个针对穆萨族的大阴谋呢？”

“如果是那样，她就应该对我们见死不救。”

父亲一时无言以对。卡萨在心里为吉娜拍手叫好。

父亲叹了一口气，继续说道：

“总之……有可能给氏族带来危险的事情，我们不能坐视不管。这个人要真是‘赎罪修行者’，那她救了你们，就算被别人知道也没关系。但如果她对你们撒了谎，就算你们说出去，也不算是出卖她。”

不愧是父亲，连吉娜也说不出任何能够反驳的话了。

“你们听好了。总之，我非常感激这个人救了你们。就算她对我们氏族真有什么阴谋，我也会支持她到最后。这样行了吧？”

兄妹俩点了点头。

卡萨心不在焉地吃过早饭，走出家门时，他突然想到，正因为事情闹大了，所以大人们并未责备他们跑进洞穴的事。

但卡萨做梦也没有想到，接下来等待着自己的是比父亲的责备还要残酷的苦难。

那天是武术训练的日子。

卡萨从学校墙壁上的枪架里取出自己的长枪。到了被授予短剑的年龄后，少年们在练习时也要使用带真枪尖的长枪。尽管在比赛或面对面练习的过程中，枪尖会被罩上枪鞘，头部也会戴上厚厚的皮革来保护脖子，但，这跟孩提时代所熟悉的、没有枪尖的棍子比起来，又是完全不一样的感觉了。

首先，最大的不同在于面对面的那种紧张感。即便是现在，卡萨也能想起自己生平第一次拿起长枪，朝着对手摆出架势的模样。当对手的鞘尖突然在自己喉咙前停住的瞬间，冰冷的紧张感从喉咙一直蔓延到腹部。他无法想象那像闪电般刺过来的刀鞘碰到自己喉咙的瞬间……那一刻，他第一次如此近距离地感受到了死亡的危险。

卡萨从有些昏暗的学校里出来，耀眼的白光洒满他的全身。虽说耀眼，但不过只是淡淡的深秋的阳光。

“今天每个人都要上场。”

担任少年武术指导的穆鲁佐今年刚满四十岁，是个身材高大的男人。他肩膀宽厚，声音洪亮。每当看到那些第一次拿起长枪，刚和对手面对面站着，还未及交锋就吓得缩成一团的少年时，他都会气沉丹田，大喊一声“上——”，仿佛是为他们解除咒语的束缚。

少年被分成两组，面对面站定。因为和卡萨同为十五岁的有八人，而西姆他们十六岁的有十二人，分组方式便是把这些少年混在一起，随机分成了“天组”和“地组”。

很快，学校空旷的竞技场里响起了少年们高声的呐喊。

卡萨很喜欢长枪。用短剑战斗的时候，手臂长的人会更加有利。但是卡萨身材矮小，手臂也不太长，老是无法刺到对手的胸膛，因此总感到十分懊恼。

但若是长枪的话，只要能让枪在手中收放自如，身材矮小和手臂不长都没有关系。而且比起手臂长却行动缓慢的人，卡萨的动作显得更为机敏。每当用长枪战胜对手后，他都不由得产生一种仿佛在空中自由翱翔的愉悦感。

打败了三人后，卡萨第四轮的对手是西姆。一看到站在自己对面的西姆，卡萨就想起了昨夜的事。

身材高大的西姆，微笑着向下瞟了一眼卡萨。他笑得这么从容也是理所当然的，因为西姆在同伴们当中是使长枪使得最自如的。他身上流着尤格罗的血，本就该如此，只是他面对比自己实力弱的对手，总喜欢先戏弄一番，然后再用华丽的招式把对方打得落花流水。因此，伙伴们都不太喜欢他，甚至还有人因为不想被羞辱而从心底里害怕和西姆对打。

卡萨平常也很不愿意和西姆比赛，因为他觉得西姆总会向他炫耀族长直系血统和旁系血统的差别。

但是今天，卡萨出奇地冷静。他和西姆面对面地站着，感觉自己的心沉沉地落在了腹部深处。周围的声音越来越远，慢慢地完全听不见了。

伴随着劈开空气的惊人气势，西姆的长枪直直地朝卡萨的喉咙刺来。这一击可不是闹着玩的，卡萨曾经见过一个少年在受到这样的一击后气绝身亡。

感觉到西姆眼里有什么东西在闪光的一瞬间，卡萨轻轻地举起了自己的长枪。卡萨的长枪弹开了西姆的长枪，直逼他的鼻尖。这不是卡萨思考过的动作，而是出于他的本能反应。西姆勉强扭头躲开了，但血突然从他耳边冒了出来。

西姆往后一退，拿起枪，重新摆好架势。他的脸上早已没有了笑容，脸色苍白。就在卡萨一愣神的时候，“呜”的一声，西姆的长枪扫过地面，突然由下向上一挑，直逼卡萨的面门。卡萨正打算把西姆的长枪弹开，西姆却更猛力地把枪尖往卡萨试图弹开长枪的方向旋转，像一根柔软的鞭子一样击了过来。这一次，卡萨没能躲过，他感到脸颊上传来热辣辣的刺痛。

“到此为止！”

穆鲁佐叫道。就好像一层透明的膜被捅破了一样，卡萨又能听见周围的声音了。

“厉害，卡萨。真有你的！”

卡萨的朋友拉拉卡拍着他的肩称赞道。卡萨用手按住脸上的伤，露出一丝微笑。

西姆看着卡萨，用手摸了摸耳朵，看到手上沾了血，便往衣服上擦了擦，他苍白的脸渐渐恢复血色。

西姆吸了一口气，嘴角浮现出笑容：

“你……果然变厉害了，卡萨。”

西姆这么说着，走到卡萨身边，砰地拍了一下他的肩，说道：

“你一定会成为一个长枪高手的。你要是有成为‘王之枪’的血统就好了。真是可惜啊，你这家伙只能一辈子对着山羊，白白糟蹋自己的才华。”

西姆一边向他的朋友举起手，一边朝下一场比赛的对手走去。

卡萨觉得自己体内那刚刚还在沸腾的热血突然凉了下来，心想：

一辈子……只能对着山羊吗？

心里瞬间燃起的怒火，也很快就湮没在虚无之中。

即使到了中午，卡萨心里仍觉得有些憋屈。

他在约好的地方等着父亲，其间叹了好几次气。肚子也开始抗议了，虽然他刚和吉娜把母亲让他们带来的拉嘎分着吃了，但这么一点儿东西，实在没办法让他撑到晚饭时间。

要是能卖掉绿霞石的话……

卡萨决定换个心情，他开始呆呆地沉浸在幻想之中。首先要蘸着辛辣的冈拉酱吃烤得焦黄的桑嘎鲁牛肉，然后是放了很多软糯香甜的油荚果和拉嘎的罗索……

就在卡萨沉浸在对美食的生动想象时，他看到了父亲的身影。为了面见族长，父亲今天特意换上了一件干净的、没有破洞的衣服，短剑也佩在腰带上，长靴还擦得油光锃亮。

一看到父亲的脸，卡萨就知道他因为绿霞石这件事而忧心忡忡。卡萨心中不知为何竟感到阵阵悲哀。

自从今年春天满了十五岁后被授予短剑，卡萨也可以进入同族男人聚集的场所了。在那里，他看到了以前从未见过的、父亲那让人感到惊讶的另一面。

和族里的男人们在一起时，父亲总是一副谨慎小心的样子。在这样的父亲的脸上，卡萨一点儿也看不到自己从小就很尊敬的、在管理牧童时总能给予他们明确指示的男子汉的影子。

父亲走到学校的楼梯下，抬头看着卡萨说：

“等了好一会儿了吧？咱们走。”

这时，从城楼的正门传来了两下高昂的牛角号声。

父亲回头看向正门的方向。站得较高的卡萨隐约看到远处的正门处尘土飞扬，心想：

啊，是尤格罗大人从王城里回来了吧！

两次牛角号声代表的是族长直系的次子。尤格罗平常生活在王城里，担任国王的武术指导。在“王之枪”里，他是最厉害的长枪手，也是穆萨族的骄傲。

听到牛角号声的人们，陆续从各自工作的地方跑出来。

大家纷纷对尤格罗喊道：“您回来了！”尤格罗走在一队由十八个骑士组成的队伍的最前面，一边挥手向人们致意，一边在白色的石板路上前进着。他骑着俊美的外国黑马，右手扛着吊有细金环的坎巴“王之枪”的长枪，左手拉着缰绳。虽然他的黑发里夹杂着一缕白发，但一点儿也看不出他有四十一岁了。他有结实而有活力的身体，下颚上有刮得整整齐齐的胡子，还有那炯炯有神的目光，像鹰一样的脸庞……

每次见到尤格罗，卡萨都会觉得他全身上下散发出一种力量。不仅如此，尤格罗身上也有一种非常吸引人的优雅气质。

卡萨想：我如果有这样的父亲，也一定会逞逞威风吧。不过，卡萨觉得，就算再过几十年，西姆也成不了他父亲那样的人。

尤格罗离卡萨越来越近，他那吊着金环的长枪在阳光下闪闪发光。就在这一刻，卡萨突然记起来了。他想起在火把的光亮下，曾在眼前一晃而过的那位“赎罪修行者”的长枪。

那时因为惊慌失措，他未来得及细想。原来那把长枪上的图案，跟穆萨族族长直系的男人所持的长枪上的图案几乎完全一样。

那个人到底是什么人啊……

卡萨现在才觉得，那个时候，自己像是在做一场奇怪的梦。

骑马的一行人越走越近。尤格罗看到卡萨他们，微微地笑着点了个头。父亲终于可以把已经快要溢出来的笑容绽放在脸上了，并且施了一个最高规格的礼。尤格罗对身为自己妹夫的卡萨的父亲一向非常尊敬。卡萨对此非常高兴，感到胸口发热。

紧跟着尤格罗的一位骑马的青年也对卡萨微微一笑。

他是族长加格罗的长子加姆，今年三十一岁。卡萨也微笑着向他施了一个最高规格的礼。同为族长直系的加姆和西姆不一样，对卡萨他们总是很亲切。虽然他不大爱说话，但卡萨很喜欢这位为人正直的表哥。

目送尤格罗一行人走向宅邸后，童诺小声说道：

“太好了，真是老天保佑。加格罗大人是个死心眼，不会变通。有尤格罗大人在，我就放心了。”

两人等马队掀起的尘土平息下来以后，也向宅邸走去。马队上了斜坡，进了内城墙的大门。

坎巴的“乡”，外侧有外城墙环绕着，就像一个村庄。里面还有一道内城墙，它所围绕着的，则是族长的宅邸。

卡萨以前有一次跟着父亲去找迷路的山羊，爬上遍地都是石头的岩山，从悬崖上俯瞰过自己居住的“乡”。那个时候，他总觉得“乡”看上去像是切开的水煮蛋，卡萨的家就在蛋白最外沿的地方，而西姆他们住的族长的宅邸，则位于蛋黄的中心。

现在，即使是这样沿着道路前进，卡萨还是觉得建在用土堆积而成的高岗上的族长宅邸就像是在蛋黄的中心。卡萨本来很紧张，却因联想到蛋黄，不由得咽了咽口水，心想：

还是女孩子比较好啊。饿了的话，烤个田里的嘎夏来吃就行了。

这样一路想着，卡萨来到了斜坡。族长的宅邸建在隆起的土堆上，万一有敌人攻破外城墙侵入的话，这里就是最后的要塞。很久以前，氏族之间经常有纷争，这样的事情发生过好几次。

但近百年间一直很太平，所以内城墙厚厚的大门总是敞开着。

族长的宅邸很大，被光滑的灰色石墙围着。屋顶铺着薄薄的淡绿色的灰石片，陡峭的设计是为了不让屋顶积雪。屋顶的正下方是绕房子一周的长廊，从那里可以射箭出去。

大门旁边有一个守卫室。童诺拜托其中一位年轻人，让他转告族长加格罗大人自己有要事求见。尤格罗大人和加姆的归来让宅邸显得很热闹。

不久，年轻人回来了，说族长请他们进去。

宅邸里昏暗而阴凉。由于走廊宽、房顶高，不管是走廊两侧墙壁上的孤零零的动物油蜡烛发出的光亮，还是从小天窗里斜射进来的阳光，都无法驱走这里的昏暗。

卡萨行走在走廊上，长靴发出响亮的回声。他一边走一边想，比起这里，自己的家要温暖和明亮得多，住起来也更舒服。

加格罗的房间在宅邸西边的深处。父子俩被带到他的房间，里面充满了让人透不过气的烟味。这是只有两个窗户的房间，空旷而冷清。北侧的墙壁上有一个很大的壁炉，但哪怕是在寒冬时节，加格罗也只点很小的火。他从置于壁炉旁的大椅子上站了起来。

加格罗有着剪得短短的灰色的头发和胡子，鹰钩鼻，右眼和下巴之间有一道十分难看的伤疤。临死前挣扎的野狼的利爪夺去了加格罗的右眼和右手，听说手是因为后来被什么东西感染而被整个砍掉了。因为裹着一件卡奴，所以手的部分完全看不到。

“童诺、卡萨，你们来得正好。”

声音洪亮而浑厚。虽然没能成为“王之枪”，但加格罗继承了早逝的父亲的地位，年纪轻轻就当上了氏族的族长，有一种由内而外散发出来的威严。但卡萨心想，如果把弟弟尤格罗大人比作太阳的话，那么加格罗大人便如同暗夜。

童诺还未来得及开口，只听见两下敲门声传来，尤格罗走了进来。

“大哥……啊，是童诺啊，失礼了。你们正在谈事情吗？”

“没有，尤格罗大人。”

父亲的声音有些高亢，他看了看加格罗又看了看尤格罗，说道：

“我知道两位很忙，但如果可以的话，希望两位一起听我说……”

尤格罗的眉间隐约露出一丝踌躇，但立刻就爽快地点了点头，把手伸到后面关上了门。

父亲开始用紧张的声音讲述。他事先一定已经想过很多遍了吧。虽然有时他也会向卡萨确认一下，但他讲述的内容，还是非常易懂且条理分明的。

加格罗和尤格罗的脸，刚开始还毫无表情。但当讲到那位女“赎罪修行者”战胜索鲁时，他们的脸开始阴沉起来，等到讲完的时候，他们则是用怀疑的眼神看着卡萨。

“童诺……讲完了吗？”尤格罗苦笑道，“抱歉，这个故事不太能让人相信，我只能认为这是卡萨编得很好的一个故事。”

尤格罗看着卡萨笑了笑，脸上是一副“你骗得了你父亲可骗不了我”的神情。

“唉，我一开始也是这么想的。但是，那个索鲁扑在我女儿身上时，掉了一个东西在她衣服里，她把那个东西也带了回来……”

父亲瞥了卡萨一眼，吸了口气，从怀里拿出一个小布包。他将布包在手中一摊开，朦胧的青光便倾洒在布面上。

卡萨立刻感觉到加格罗和尤格罗屏住了呼吸。尤格罗走过来轻轻抓起绿霞石，紧接着把绿霞石拿给大哥加格罗看。

“是绿霞石！”

从最初的惊讶中回过神来，兄弟二人对视了片刻。

加格罗将目光转回到卡萨和他父亲身上，依然用那浑厚的声音说道：

“如果你们的话是真的，我还有几点疑问。”

一时之间，仿佛在思考什么似的，加格罗凝视着卡萨，不久后终于开口道：

“本来这些话只能跟族长的直系讲，但你们毕竟是我们妹妹的家人，所以就告诉你们吧，不过你们一定要先答应我绝对保密。”

父亲和卡萨都很紧张，保证自己不会外传。

“首先我觉得奇怪的是，索鲁竟然会如此靠近地面。虽然经常有人说小孩子在洞穴中失踪是被索鲁吃掉了，但其实大部分情况都是他们自己在错综复杂的洞穴中迷了路，失足掉进水流中淹死的。

“索鲁是‘山之王’的家臣。如果不是闯入‘山之王’的领域为非作歹的话，他是不会加害地上的人的。可能是吉娜偶然撞上了索鲁，吓得自己跌倒的吧。

“卡萨，你说你是拿着火把进去的，这是非常危险的行为。索鲁讨厌火焰，他会因为想要熄灭你的火焰而来袭击你。据说也有因此受伤或者死掉的人。

“也许是因为今年恰逢‘山底之门’开启的年份，索鲁才会来到地面上。如果这个绿霞石是从他身上掉出来的，那他一定是索鲁。若是这样，‘山之王’的信息也迟早会来。可是……如此一来，整个故事里最令人费解的就是那个‘赎罪修行者’了。卡萨，你说她是个拿着长枪的女人，对吧？”

“是的。”

卡萨回答道，声音像是卡在了喉咙口。加格罗大人的目光看上去极为可怕。

“然后，你说她用长枪战胜了索鲁？”

“不，那个……因为火把灭了，周围都很黑，我和吉娜那时候也没看见到底发生了什么。只听得到脚步声、喘息声，还有长枪划过空中的呜呜声……后来，就在我以为战斗已经结束的时候，我只隐约看见索鲁微微闪着青光，消失在了洞穴深处。然后，那个女人就对我们说‘已经没事了’……”

“你说……在黑暗中，她带着你们走出了洞穴？”

“是的。”

“在洞穴里的时候，她也没有让你们点燃火把？”

“是的。”

加格罗回头看向尤格罗，随后皱紧了眉头。弟弟那张平时几乎不为外物所动的脸，此刻仿佛被冻僵了一般苍白无比。

“尤格罗，你怎么了？”

“没事，可能是旅途有些劳累。让我在这把椅子上坐一下。”

尤格罗“扑通”一声坐到加格罗的椅子上。

“抱歉，我也上年纪了啊……继续说吧。”

加格罗点了点头，再次将目光移到了卡萨身上。

“那个女人穿着外国的服装，像外国人那样讲坎巴话？”

卡萨点了点头，好像想起什么似的说道：

“那个……刚刚我看到尤格罗大人的长枪才想起来，当时在火把的亮光下，我瞥了一眼她的长枪，上面刻着和尤格罗大人的几乎一样的图案。”

加格罗的额头上冒出密密麻麻的细小的汗珠。加格罗好像看到幽灵一般，看着卡萨，又马上回头看着弟弟，自言自语道：

“难道是那个家伙的长枪？”

尤格罗没有回答，只是目不转睛地盯着大哥的眼睛。

阴谋的真面目

巴尔萨来到姑姑那位于义诊医院最里面的起居室里。因为有病人，姑姑让她等一会儿，她便在靠窗的椅子上坐了下来。

这是一间令人心情愉悦的房间。地板用打磨过的石子铺就，上面还铺了一层散发着香味的干草；窗户在坎巴来说算是很大的了，此刻吹进来阵阵夹杂着油荚果香的风；大大的壁炉里，炭火正熊熊燃烧；壁炉上挂着一个磨得发亮的单柄锅。

房间的正中间有一张铺着浅绿色桌布的餐桌，上面放着一本书。

屋顶的横梁上挂着成把的药草，正随风摇曳。

看到这些，巴尔萨想起了发小草药师唐达。

我呀，好像总是和会医术的人很有缘。

巴尔萨在心里暗暗说道，脑海中浮现出唐达那无忧无虑的面庞。

唐达，我不来这里是不是更好呢？把掩埋在黑暗中的、已经被遗忘的过去，又拿出来放到阳光底下，只会给旁人带去伤害吧！

但值得庆幸的是，诚如吉格罗所言，由加姑姑看上去是一位深谋远虑的女性。如果和她谈过以后，她也认为将过去埋藏起来更好的话，巴尔萨就决定不再去寻找吉格罗的亲人，而是直接离开坎巴，从此再也不回故乡。

巴尔萨觉出有人正向她走来，便往大门口看去。只见由加姑姑端着盘子走了进来，盘中放着两杯拉卡和烤制的糕点。

“抱歉，让你久等了。”

由加姑姑好像到现在也不知该用怎样的口吻和巴尔萨说话才好。

“幸好今天的患者比平时少……我们边喝拉卡边慢慢听你讲吧。”

巴尔萨应了姑姑的邀请，端起装着拉卡的杯子。刚喝进嘴里，就有一股和寻常的拉卡不同的香味在口中弥漫开来……就在这时，仿佛是被这种味道所牵动，遥远记忆的残影在脑中闪过。一种无比怀念的感觉，令巴尔萨忍不住鼻子一酸。

“这个拉卡有种很熟悉的味道。以前感冒的时候，父亲经常让我喝……”

由加姑姑倒吸了一口气，目不转睛地盯着巴尔萨，缓缓地摇了摇头。

“是吗……说不定，你真的是巴尔萨。加入香料的拉卡是我和卡纳哥哥在王都的学院里念书的时候想出来的，配上可以暖身子的草药，对治疗感冒非常有效。”

由加姑姑重重地叹了一口气说：

“你是掉进井里被地下水冲走以后，在什么地方被人救上来的吗？”

巴尔萨摇了摇头，说道：

“我没有掉进井里。姑姑，你能不能先告诉我父亲是怎么死的？”

由加姑姑用试探的眼神看了看巴尔萨说：

“哥哥被杀害，是在你……不见了以后的第十天。你家打杂的婆婆和往常一样上午去打扫的时候，在后门发现了卡纳哥哥的遗体，是被刀砍死的。王都里的卫兵说是盗贼干的。家里就像被暴风雨袭击了似的，一片混乱……”

巴尔萨闭上了眼睛。随后，她睁开眼轻声问道：

“你看见遗体了吗？”

“嗯。我担心哥哥会因为你的‘死’而消沉下去，所以也住到王都的旅馆里去了。我本来……是想住在哥哥家里，但不知为什么他死活不肯让我住，就好像他事先知道会被盗贼袭击一样……”

姑姑似乎打定了主意，用坚定的目光看着巴尔萨：

“是的，我看到了哥哥的遗体。打那时起，我就一直在想，究竟发生了什么？

“哥哥身上有两处伤。一处是从左肩到腹部的很长的伤口。如果是盗贼，像那样狠砍了一刀以后通常都会赶紧跑掉。可哥哥头上还有很深的伤口，这显然不是为了抢劫，而是要他的命。头上那道伤是杀手确保要他命而补砍的。”

巴尔萨点了点头说：

“果然是这样。吉格罗很担心，他说姑姑如果看了遗体，一定会有所觉察，但愿不会给你带来什么厄运。”

姑姑脸色突然一沉，问道：

“吉格罗？吉格罗·穆萨？”

姑姑的口气让巴尔萨大吃一惊，因为那口气就好像是在讲一种肮脏毒虫的名字。

“嗯……我是被吉格罗所救，也是由他抚养长大的。”

姑姑的眼神有些动摇。她皱起眉，不明所以地看着巴尔萨说道：

“我总是有一种白天做噩梦的感觉。你刚才说的简直就像迷宫一样绕来绕去的，太不可思议了。”

“是吗？”

“嗯。因为吉格罗·穆萨是一个愚蠢透顶的家伙，他为了坚持自己的主张，把很多人推入了痛苦的深渊。我早就认识他，当我得知他是那样的一个笨蛋的时候，我强烈地感觉自己遭遇了背叛。的确，他从小就不知道变通，但我还是没有料到他会做出那样的事来……”

巴尔萨轻轻吸了一口气，问道：

“你说他……做了什么？”

姑姑的脸上流露出一副不肯让步的神情：

“要说这件事，你得知道当时的情况。

“吉格罗和罗格萨姆王子的关系很不好，这在王城里尽人皆知。当时，吉格罗是‘王之枪’里最年轻的成员，枪技十分出众，在国王的武士指导里也数他地位最高。

“他训练起王子们毫不留情，名气很大，尤其讨厌奸诈的罗格萨姆王子。罗格萨姆王子在练习的时候，经常把年长的哥哥打得站不起来。兄弟二人彼此仇恨，旁人看得一清二楚。”

姑姑叹了一口气说：

“没错，罗格萨姆王子的确是一个奸诈狡猾、让人生厌的男人。但就算如此……”

她看着巴尔萨，说道：

“我不知道你是否了解这个国家的王位继承制度。在坎巴，仅凭前任国王传位是登不上王座的，只有当‘王之枪’们发誓效忠以后，王子才会被正式认定为国王。

“所以，在坎巴国王驾崩、下一任国王即位的时候，首先要举行认定新国王的仪式。在仪式上，‘王之枪’们围绕着新国王，用长枪上的金环触碰他的头，以此承认他新国王的身份。”

“欸……这我还是第一次听说。”

“吉格罗十六岁的时候就作为随从参加了绿霞石馈赠仪式，是‘王之枪’们公认的最厉害的长枪英雄。他沉默少语，不爱炫耀武技，但自尊心很强，一旦做了什么决定就绝不会轻易改变。”

巴尔萨微微点了点头，姑姑的眼神看上去很威严，她继续说道：

“对于武士而言，这也许是值得骄傲的性格。可为了自己的自尊和主张而把众人推向深渊的人，不过是一个蠢材而已。

“当得知纳格国王病重将不久于人世时，吉格罗竟然偷走了收藏在王城内室里的九把‘王之枪’长枪的金环，逃到国外去了。

“金环是‘王之枪’的象征，象征着九个氏族与王室紧密相连，分外珍贵，可他竟偷走这些宝物逃跑了。当然，纳格国王一旦驾崩，罗格萨姆王子就会即位。我想吉格罗恐怕是不能接受这件事才这样干的。可即便如此，他把金环偷走后逃跑，这种行为也实在太低劣了。

“当时，这件事只是秘密地在坎巴的武士中间流传。吉格罗的这一举动斩断了氏族和王室之间的联盟，让外界觉得国王和武士之间不和，因此国王明文规定禁止讨论这件事。

“接着，各族族长都与吉格罗划清界限，并宣誓效忠国王。为了证明这一点，同时修补氏族与王室的关系，他们分别派出了各自氏族里最强的武士去四处追捕吉格罗。这些武士都向雷神约拉姆立下了不与背叛者吉格罗交谈的‘无耳、无嘴’的夺命誓言。

“然而，几乎所有的追捕者都遭到了杀害。邕萨族派去追捕的人是‘王之枪’的随从，也就是族长的长子塔格大人，但回来的只有塔格大人所持长枪的枪尖。那么一个爽朗、优秀的年轻人……”

巴尔萨慢慢地将贴在脸颊上的头发往上拨，只觉自己从肩膀到脊梁都冷得发麻。

“那个男人，的确把那个枪尖好好地带回来了呢。”巴尔萨低声说道。

吉格罗把枪尖交给了到新约格王国打工的邕萨族年轻人，让他带回去给大家凭吊。距今一晃二十四年了。

她尽管已经料到吉格罗会遭人憎恨，倒也没有想到他竟会被捏造成一个这样不光彩的背叛者形象。

如果是那样的话，那些追捕者就正如吉格罗所推测的那样，他们的家人并没有被当作人质，他们只是为了表示对国王的忠诚、为了捍卫自己的名誉，才去追杀吉格罗的……

巴尔萨的胸口涌起一股强烈的愤怒。她想，再这样下去，吉格罗和那些因为输给他而丧命的男人，甚至还有父亲，在九泉之下都难以瞑目。她无法忍受那些被当作真相的谎言肆无忌惮地横行在这个世上。

巴尔萨站起来，看了眼窗外，又绕餐桌一圈走到门口。她瞥向走廊，确认没有其他人在后重新坐下，看着由加姑姑，低声说道：

“姑姑……姑姑您，真的相信吉格罗会做那样的傻事吗？”

姑姑的眼神有些动摇：

“我也不想相信，只是他连我们几个最亲近的朋友都没说一声就突然从坎巴消失了！我实在想不出什么别的理由。况且，我知道他有多讨厌罗格萨姆王子……”

“吉格罗不是这么糊涂的男人。”巴尔萨看着姑姑，平静地说道，“从六岁到二十四岁，一直是吉格罗在抚养我、照顾我。我最清楚，他不是那样的男人。他虽然沉默少语，不会跟别人解释自己行事的理由，做决定也快到让人惊讶，但每当他有所行动的时候，都会顾全周围的人。”

姑姑紧闭双唇，脸上浮现出大为动摇的神色。

“没错，吉格罗的长枪上套着一个金环，但是，他手上并没有别的金环。姑姑，您和坎巴的人都被骗了吧？”

“被骗？被谁骗了？”

“罗格萨姆王。”

姑姑的嘴角抽动了一下。

“姑姑，父亲为什么被杀，为什么说我死了，还有，吉格罗为什么杀掉那些氏族的年轻人，这些，您想知道吗？

“这些都和王室的阴谋有关，您如果不想知道，还是不要听的好。”

姑姑眼神犀利，追问道：

“你说的那个什么阴谋，还在继续吗？”

“没有。它因罗格萨姆的死失去了意义。”

“是吗……就算这阴谋当下正在进行，我也想知道。”

姑姑的嘴角慢慢浮现出一丝苦笑：

“可能你那时太小，没有印象。我、卡纳哥哥和吉格罗，我们三人，从在王都的学院相识一直到那场悲剧发生之前，都是非常亲密的朋友……”

巴尔萨开始在脑中构想自己出生前父亲他们的那段年轻岁月。光是这么聊天，她就知道由加姑姑是个十分爽朗且有主见的女子，他们三个一定很合得来。但那样的日子突然在某一天破碎了。哥哥被杀害，好友逃至国外，姑姑心里是什么感受呢？

巴尔萨嘴上淡定地讲述起罗格萨姆王的阴谋，心里却翻腾着：就因为一个男人的狼子野心，这么多人扭曲和改变了人生……

当她讲完这一切时，房间里早已洒满了夕阳的余晖。

由加姑姑长长地叹了口气：

“原来是这样。我憋在心里的这些结今天终于解开了。”

姑姑露出了疲态，但与此同时，一种释然的神情也浮现在了她的面庞上，就好像长年扎在心尖的刺终于被拔了出来。

“刚才也向你讲过，我一直觉得哥哥的死很奇怪。现在听完你的讲述，其他几个疑点也都水落石出了。

“纳格王驾崩的时候，哥哥的态度很特别。他说‘要是遗体腐烂就麻烦了’，没有让其他医师查看就直接入殓了，而且匆匆地下了葬。虽然还是春季，但那一天的确非常炎热，所以其他人好像也都相信了哥哥的说法。可我很了解哥哥，总觉得他哪里不对劲。

“而且，吉格罗失踪是在纳格王驾崩的三天前，我觉得这也很奇怪。这样的话，就表示吉格罗在三天前就确信纳格王一定会驾崩。还有，他就算计划要反对罗格萨姆王，也不会不把自己的真实想法告诉哥哥和我就逃到国外去了。我觉得……就算是吉格罗，干出这样的事也实在是太奇怪了。

“再说，吉格罗失踪后的第二天，哥哥就说你死了。那个时候我简直不敢相信，只觉得天旋地转。而当我正要去找哥哥问清楚到底发生了什么的时候，他就被杀害了。

“看到哥哥的遗体，老实说，我害怕极了。透过杀害哥哥的手法，我能够感觉得出背后另有隐情，但我从未想过竟然是因为罗格萨姆王。”

由加姑姑沉默了片刻，看着巴尔萨的长枪说：

“刚刚……在木门旁的时候我就注意到了，这，是吉格罗的长枪？”

“不，这是我十岁时吉格罗为我做的。虽然枪尖换过好几次，但枪柄很结实，一直没有换过。枪柄上的图案是在吉格罗去世以后，我照着他的长枪刻上去的。”

巴尔萨拿起靠在墙上的长枪，轻轻递给姑姑。姑姑摩挲着长枪，抚摩着由于手上的油脂经年累月地浸润而变得光滑无比的枪柄，轻声说道：

“枪看上去很重呢。你……一个女孩子，从十岁起就背着这么重的枪……”

姑姑禁不住闭上了眼睛，而眼泪也跟着流了出来。

“太残酷了……”

姑姑闭着眼，口中喃喃地说道：

“吉格罗，你把巴尔萨保护得很好，也把她养大成人了。我真是不敢相信，那么粗鲁又笨拙的一个男人，竟然养育了一个女孩子。”

巴尔萨也觉得喉咙一哽，一时间说不出话来。憋了两三口气，巴尔萨这才语速飞快地嘟囔道：

“对，这个世界上没有比吉格罗更不适合抚养女孩子的男人了，所以我才长成这么一个没有女人味的女人嘛。”

由加姑姑呵呵地低声笑着，随后摇了摇头说：

“怪到吉格罗头上，他还真是可怜。你呀，一生下来就是个连男孩子都要甘拜下风的疯丫头。卡纳哥哥常说：‘我们家闺女一定是把最重要的东西忘在她母亲肚子里了。’”

巴尔萨的眼中流出一行泪来。在夕阳的余晖下，两个人低着头笑个不停。

姑姑拭去眼泪，把长枪还给巴尔萨。

“巴尔萨，今后有什么打算？要为吉格罗洗清污名吗？”

巴尔萨摩挲着自己拿惯了的长枪，叹了口气。和姑姑聊过后，她觉得沉淀在心底的污秽都像被洗去了似的，方才强烈的愤怒也仿佛变成了埋在炉子里的炭火，上面覆盖着名为“放弃”的灰烬。

“该怎么办才好呢？”

巴尔萨苦笑着说：

“就算想复仇，罗格萨姆也已经死了。老实说，事到如今，我也不太想去谈论那时的阴谋了。只是……我觉得，一直以来，我都因为害怕触碰而不敢正视这个旧伤疤，现在是时候对它做点什么了，所以我才来到这里……”

夕阳的余晖在巴尔萨脸上落下一片深深的影子。她的脸上浮现出一抹微笑，可由加觉得自己突然看到了潜藏在那微笑深处的阴霾。

吉格罗的模样在由加的脑海中浮现，由加觉得一股冷意在心底深处悄然升起。

吉格罗虽然很粗鲁，但却是个温柔的男人。他如果只是一个人的话，一定会回到坎巴和罗格萨姆王决斗来了结这件事。可是，他还带着巴尔萨——一个年幼的少女。在巴尔萨和成为追兵的朋友之间，吉格罗一定尝尽了撕心裂肺的痛苦。而且，巴尔萨一路走来，将所有的事都看在眼里，亲眼看着吉格罗为了自己而接连杀死他的朋友。

这是多么悲惨的人生啊……由加在心中暗自叹息。

就在由加不由得握紧拳头时，好像是听见了由加的心声一般，巴尔萨平静地说道：

“去年秋天，我受人之托，做了一个孩子的保镖，这孩子的命运十分奇特。

“他是新约格王国的二王子查格姆，为了保护被称作水之守护者的精灵的卵，他被迫成为精灵守护者。”巴尔萨把自己是如何保护他的事告诉了姑姑。即便到现在，巴尔萨仍以一种宛如母亲般的怜爱之情想念着这个少年。

“在担任那个孩子的保镖期间，我意识到一件不可思议的事情。明明那个任务可怕到连自己的命都可能搭进去，但在保护查格姆的时候，我却觉得很幸福，真的很幸福。”

巴尔萨露出浅浅的笑容，说道：

“我意识到，像那样度过自己的一生其实也还不错。”

巴尔萨深吸了一口气，又说道：

“我以前一直都过得很随便，能活到现在已经是个奇迹了。我总在想，因为这个奇迹是用许多人的鲜血换来的，所以我不能对以后的人生抱有幻想。

“但是，遇见查格姆以后，我终于意识到自己有多糊涂。要是怀着这种心情活下去，吉格罗也不能安息。我要用这条吉格罗好不容易救下来的性命快乐地活下去。”

她扑哧一笑，继续说道：

“可不知为什么，我又总觉得心神不宁，就像是忘了归队的大雁，于是就回到坎巴来了。如果到现在还有关心吉格罗下落的亲人或朋友，我想告诉他们发生了什么，告诉他们真相。我要把吉格罗这个突然消失的男人的人生，带回坎巴做个了结。我想，只有这样，在我心中的吉格罗的亡灵才会安息吧。”

房间里的光线已经转暗，暗到她连姑姑的脸都看不清了。

听巴尔萨讲完以后，姑姑慢慢地站起来，走到壁炉旁，拨了拨炭火，巴尔萨也起身关上窗户。姑姑点燃动物油蜡烛，将烛身转了转，房间里顿时明亮了很多。

姑姑把身体转向巴尔萨，说：

“我明白你回来的原因了，感觉这二十五年就好像在这一天过完了。”

两人相视一笑，姑姑说道：

“跟你真是有说不完的话。不过，我肚子有些饿了。来，帮忙一起做晚餐吧。”

“除了园丁和在医院里打杂的几个人，姑姑几乎没有聘用什么人。”

“一个人自由地生活比较符合我的性情。”姑姑笑道。两人把肉和嘎夏用拉炖烂，最后还撒了香草。太阳下山后气温急剧下降，热乎乎的炖肉吃起来格外美味。

“虽然我很明白你的想法，但在吉格罗的亲人当中，可能已经没有人担心他了吧。他父母在那件事以前就已经去世，妹妹在他逃走的时候年纪也还小，应该不记得了。他大哥加格罗和弟弟尤格罗应该也……”

话没说完，姑姑突然看着巴尔萨。

“哎呀，怪了。”姑姑皱紧眉头，“如果吉格罗没有偷走金环逃走，那尤格罗·穆萨到底为什么会……”

姑姑放下勺子，盯着巴尔萨说：

“你说吉格罗是病死的，你确定吗？”

“是的，我和当草药师的发小一起看着他走的。”

“不是因为和尤格罗决斗，受伤死的？”

“尤格罗？不是……”

在巴尔萨久远的记忆中，她确实记得有个叫尤格罗的男人，可他应该不是追捕者。

姑姑紧锁眉头。

“这不可能啊……我听说虽然八个氏族的年轻人都因为输给吉格罗而丢掉了性命，但是最后一个追捕者，也就是吉格罗的弟弟尤格罗，是彻底打败了吉格罗凯旋的，还把被偷走的九个金环都带回来了。他成了坎巴的英雄，如今在整个氏族里享有极大的权力。”

姑姑一边思考着什么，一边继续说道：

“这么一想……尤格罗·穆萨轰轰烈烈归来的那一年，的确发生了很多事。那年春天，罗格萨姆王自知患上绝症、来日无多，于是趁自己还活着，在夏天的时候将王位传给了儿子拉达王子，而不是自己的王弟。

“最后的追捕者尤格罗·穆萨拿回金环是在罗格萨姆王驾崩前的一个月。王都里举行了盛大的仪式，我也去看了，所以记得很清楚。罗格萨姆王拉着即将成为新国王的拉达王子和英雄尤格罗·穆萨的手，宣告九个氏族与王室缔结了新的关系……”

姑姑看着巴尔萨的眼睛，低声说道：

“说不定……这个阴谋，比你所知道的还要深不可测。”

骤然间，房间里寒气逼人。

第二章

开始行动的黑暗

巴尔萨的脑海里突然浮现出小时候母亲讲过的一个传说：

“千万不要在美丽的月夜靠近岩石哟。因为美丽的月夜是提提·兰（骑鼬鼠的猎人）打猎的夜晚……提提·兰虽然长得很小，却是非常可怕的猎人。要是妨碍他打猎，被他诅咒了，人是会发疯的。”

洞中石的味道

卡萨和吉娜乐不可支地走在苏拉·拉萨垆里。好朋友拉拉卡和约萨也在一块儿，不知为何有种过节的气氛。他们吃完刚炸好的香喷喷的罗索，现在又舔着水果蜜饯。不仅能把美味的东西吃个饱，还能请客让好朋友也大饱口福，卡萨实在是高兴极了。

那天，族长加格罗说："绿霞石是坎巴国王的宝物，在这个世界上有权售卖此种宝石的也只有坎巴国王。"然后加格罗很随意地拿起宝石，交给尤格罗，嘱咐他一定要呈送给国王。虽然知道这是应该的，但眼睁睁看着宝石被拿走，老实说，卡萨心里还是很不好受。

或许是察觉到了卡萨的心情，尤格罗说了句"等一下"便离开了房间。过了一会儿，他提着沉甸甸的一袋钱币回来了。尤格罗将袋子交给卡萨的父亲，说道：

"虽然用三千那卢来换绿霞石还远远不够，但这点心意就收下吧，感谢你们提供了或许事关氏族存亡的宝贵信息。

"听好了，你们要这么说：卡萨和吉娜偶然在河里捡到了绿白石，然后把它交到了我这里。绿白石尽管罕见，但在河里发现也不足为奇，而且值得了三千那卢。这样说，别人就不会起疑心，只会认为你们是运气好而已。”

卡萨的父亲一接过那三千那卢，便高兴得满脸通红。三千那卢这么一大笔钱，够他们一家子用两年了。

尤格罗用一种仿佛可以洞穿人心的严厉目光，看着卡萨和他的父亲说：

“不过，你们要对我发誓，绝不可以向外人泄露半点儿关于绿霞石和‘赎罪修行者’的事。让吉娜和她妈妈也给我好好发誓！”

于是两人便齐声发誓。

虽然在吉娜看来，不能把白磨石给西姆看，为自己争口气，实在非常遗憾，但她不愧是跌倒了也要抓把沙的性子，说道：

“对了。我们不说是那个晚上，说成是别的日子到洞穴里去的不就行了吗！再过一阵子，等大家不再议论这件事的时候，我们再争口气给他看看！”

暂且不说吉娜，三千那卢确实是意料之外的幸运。父亲一回到家就立刻叫道：

“今年可以不用去打工了。”

母亲和祖母的脸上也浮现出无法形容的喜悦之情。这天，一家人开心地讨论着该怎么花这笔钱，一直讨论到深夜。最后，父亲一边教训着卡萨和吉娜不许乱花钱，一边给了他们每人两百那卢。一那卢就可以买二十个罗索，两人乐得笑开了花。

卡萨突然想到，也要给家里的牧童们送些东西。

像西姆那样属于族长直系的武士们几乎不和牧童们往来，只是把山羊寄放在牧童那里，根据羊奶和羊毛之类的收获物的多少给予他们报酬而已。但像卡萨这样的旁系武士们，从出生开始便和牧童们像家人一样来往。

雇主和受雇者之间确实存在很大差别。牧童们不能在学校里学习知识，并且牧童出身的人除了不能和武士阶层通婚（这是必然的），就连和平民阶层通婚也不被允许。他们一辈子都只能是牧童。

不过，卡萨放学后，一天里剩下的一大半时间都是在岩山上和牧童们度过的。吉娜和母亲每天也会跟牧童的妻子和女儿们一起织羊毛、做农活儿。

母亲丽娜年幼的时候，一定和现在的吉娜一样活泼。即便身为族长的女儿，比起陪嫂嫂们聊天，她却更愿意在外面干活儿。

卡萨和吉娜分别买了三十个刚炸好的罗索放进袋子里。两人的幸运故事早已传遍了苏拉·拉萨垆，每家店的老板都想和他们套近乎。等最开始的兴奋劲儿一过，卡萨和吉娜只想立刻离开拉萨垆回家去。

和朋友们还有吉娜分开后，卡萨一个人爬上了满是岩石的山头。

秋天澄净的空气中有些许雪的味道。

除了冬天，男牧羊人在一年中的大半时间里，都居住在山上放牧地旁简陋的牧童小屋里。他们的妻子和女儿，则住在卡萨他们所居住的“乡”的外城墙外侧的家里，做农活儿和编织。只有在积雪深埋的冬天，一家人才能团聚。

爬得越高，眼前的世界就越宽广。看着宛如波浪般起伏的、延伸到远处的大地，卡萨突然想起了创造这片天地的雷神约拉姆，不禁感慨神创造了多么美丽的世界啊。

这片大地最初处在一片黑暗的旋涡中，在这里，出现了划破天际的最初的光芒，这就是雷神约拉姆。约拉姆又被称作“无背之神”，因为他的半边身体是被称作“大光明”的神之躯，另外半边身体是被称作“大黑暗”的神之躯。约拉姆是黑暗之神，他可在瞬间发出耀眼的闪电。

接着，从“大光明”之躯的穆萨（右耳）、邕萨（左耳）、穆洛（右眼）、邕洛（左眼）、纳（鼻子）、穆伽（右手）、邕伽（左手）、穆托（右脚）、邕托（左脚）中诞生了九个氏族的祖先，最后从坎巴（神的额头）中诞生了王的氏族的祖先。随后在尤萨山脉上，坎巴王国形成了。

另一方面，从“大黑暗”之躯上，也诞生了九个氏族和王的氏族的祖先。据说这些“大黑暗”之躯的孩子，在尤萨山脉的地底下建立了山之王国。

神赐予十个氏族各自的土地，十个氏族在那里建立起自己的领地。当他们第一次来到被赐予的土地上时，到处都是岩石，草木皆无。然而当祖先们的脚踏上去的时候，草木焕发，泉溪喷涌，同时土地上还诞生了小人和山羊。

这些小人就变成了牧童，他们牧养山羊，并将羊奶供给氏族的祖先。为了回报牧童的供奉，祖先承诺要保护这片土地和小人们。

每当想起这个故事的时候，卡萨都会想，商人们是什么时候诞生的呢？从体形来看，商人们一定出身于和自己一样的氏族。到底是从什么时候开始，氏族里有了武士阶层，以及由商人和工匠组成的平民阶层的呢？

忽然，“咻”的一声尖厉的口哨声传了过来。

卡萨吃惊地抬起头来，看到牧童优优从岩石后面探出头。优优虽然和卡萨一样同为十五岁，身高却只到卡萨的胸口。卡萨虽然在佩有短剑的氏族少年中是个头最小的，但和牧童们在一起的时候，总有种自己是巨人的感觉。

牧童们即使成年，身高也只能到卡萨的肩。他们有着像鸟巢一样蓬乱的灰发，茶色的脸上有着扁平的大鼻子和滴溜溜地转来转去的眼睛，是一群很讨人喜欢的家伙。他们虽然个子小，但身体都很结实，除隆冬以外，只穿一条短的皮裤裙。他们的脚掌非常坚硬，光着脚在岩山上到处奔跑，而且身手灵活得不输山羊。他们平时还手持“赶鹰杖”——一根绑着石制矛尖的细棍，用这个来赶走想要袭击小山羊的老鹰。

卡萨曾经说要给他们买铁制的矛尖，被他们拒绝了。他们还让卡萨别开玩笑了，因为他们讨厌铁的腥味。

“好香啊。”

优优大声说道。卡萨笑眯眯地把装着罗索的袋子给他看，说：

“我买了三十个罗索，大家一起来吃吧。”

优优眼睛鼓得圆圆的，咽了咽口水说：

“你这家伙真够意思！正好我们可以休息一会儿，一起去泉之凹吧。”

优优吹起“咻—嚯—嚯—咻伊”的口哨。口哨声在山间回荡，同时也传来了好几声口哨的回音。他们的口哨都吹得很好，好到可以仅凭口哨声就能进行简单的对话。

泉之凹指的是一个有泉水涌出、周围长着茂密灌木丛的岩石低洼处。那里是优优族人休息的地方。拨开树丛进去，已经有四五个牧童在那里随意地坐着，口中嚼着牛基（一种能够清洁口腔的特殊树根）。

在用三个石头拼起来的炉台旁，优优的父亲和叔叔正煮着拉。坐在一侧的长老托托，默默地嚼着牛基。在穆萨族领地的牧童里，托托是最年长的牧童。

“爷爷，卡萨给我们买来了三十个罗索！”

“喔喔喔！”男人们喧哗起来，他们立刻在煮的拉里加入一种叫克鲁卡的带香味的茶叶做成拉克，盛到木碗里，再把罗索分到每一个人手里，愉快的宴会开始了。

他们问卡萨究竟发生了什么事，卡萨按照尤格罗教的话回答。虽然说谎让他觉得很不好受，但是他不能违背自己的誓言。氏族里的人们就像尤格罗说的那样轻易地就相信了这个谎话，所以卡萨想，牧童们应该也不会怀疑的。

但是，听完卡萨的话后，牧童们都露出奇怪的表情并且一言不发。从他们的表情可以看出来，没有一个人，甚至连优优都不相信他说的话。卡萨有点儿紧张了。

“卡萨小子，”长老托托把牛基拿下来放到膝盖上，“收回你的谎

言。虽然你不愿意讲真话，但是我们不想听谎话。”

卡萨的脸像发烧一样变得通红，他问：

“你为什么觉得我在撒谎？”

大家露出一丝苦笑。优优耸了耸肩说道：

“那是因为，你身上有绿白石的味道。”

“绿白石的味道？石头会有味道吗？”

牧童们哧哧地笑了，说：

“是啊。你们这些大个子可能是闻不到的，但是洞中石对我们来说，那味儿可冲着呢。”

卡萨皱起鼻子说：

“你们是在逗我吧？我身上不可能有绿白石的味道，因为，绿白石已经交给尤格罗大人了。”

托托长老噌噌地挠着胸口说：

“洞中石的味道，才一天是不会消失的。卡萨小子，你身上现在应该带着白磨石吧？”

卡萨吓了一跳。没错，那天晚上他把白磨石放进怀里，现在还带在身上。托托长老那看起来犯困的眼睛稍稍睁大了一点儿，盯着卡萨说：

“不光是白磨石，你身上还有绿霞石的味道。从你走进这片草地开始，我就感觉到了。”

卡萨忽然觉得这些下层人很可怕。从小一起长大的牧童们，突然看起来就像陌生人一样。

托托长老“咚”的一声撑着“赶鹰杖”站了起来。

“好了，你们几个！要休息到什么时候？太阳都要下山了！”

话音刚落，气氛就缓和了下来，四周又恢复了嘈杂。牧童们纷纷感谢卡萨给他们带来好吃的，然后各自回到自己的管辖范围去了。

转眼间所有人都不见了，泉之凹里，只剩下看火的长老托托和卡萨。

卡萨感到有点儿凄凉和伤感，呆呆地站着。

“卡萨小子。”

长老托托走了过来，抓住卡萨的胳膊。托托长老因为驼背，个头只到卡萨的腹部左右。托托长老突然用力抓紧卡萨的胳膊，眼里露出严肃的神情，说：

“卡萨小子，谢谢你的罗索。你是个好孩子，不论出于什么原因，对你这样的好孩子说那种谎言的人，都是不值得相信的。你听好了……千万别忘记，你如果有一天信不过你的族人，就来找我们吧。我们会站在你这边的。”

托托长老放开卡萨的胳膊，卡萨一言不发地走出草地。

浑蛋……你们这些牧童懂什么呀。我怎么可能会有信不过自己族人的那一天！

卡萨咬紧了牙。尤格罗大人为什么脸色铁青、浑身发颤？为什么连加格罗大人都像看到幽灵一样目瞪口呆？还有那个“赎罪修行”的女人，到底是什么人？这些对于卡萨来说，都是不可能知道的秘密。族长对卡萨和氏族的人们还隐瞒着什么重大的秘密呢？

卡萨感觉眼前的风景突然在眼中褪去颜色，并逐渐远去了。

“你对那个女人……心里有底吗？”

靠着椅背坐着的加格罗，向站在窗边的弟弟问道。尤格罗背靠窗框看着加格罗，夕阳从他背后照进来，背光让加格罗看不清他的脸。

“嗯……我杀死吉格罗的时候，有一个年轻女子一直在旁边看着。”

加格罗皱起眉头。

“我可是第一次听你说起这件事。那个女人是什么人？吉格罗的情人？”

“谁知道呢？有这个可能吧。不过我觉得两个人的年龄相差悬殊。”

“然后呢？你把那个女人怎么样了？”

“没怎么样。虽然吉格罗是我的哥哥，但他也是一个犯下重罪的强盗和叛徒。我只告诉她自己是杀死吉格罗的追捕者，就离开了，仅此而已。除此之外……我又能做些什么呢？难道说为了避免后患，要把这个无辜的年轻女孩一起杀掉才行？”

加格罗张了张口，却什么也没说，只是摇了摇头。然后他低下头去，按着自己的额头。

这样的话……就错不了了。那个女人，就是卡萨他们碰见的“赎罪修行者”吧，加格罗心想。

加格罗抬起头，向弟弟问道：

“她是不是在为吉格罗做‘赎罪修行’啊？可是……为什么要等

十年之后才回来？”

尤格罗眯着眼看着窗外，不久后，慢慢地离开窗户，走到火炉旁。

“可能是缺钱吧。”

加格罗眉头紧锁，说：

“你的想法还真是奇怪。你说缺钱？”

“大哥，一点儿也不奇怪。这个女人用长枪和索鲁在黑暗中交锋，这应该是从吉格罗那里学来的武技吧。说不定……她学的不只是技艺？如果是为了洞穴深处的宝石——不说是为了绿霞石，哪怕是因为贪图绿白石而冒险进入洞穴也不奇怪。如果缺钱的话，她应该会想要试一试。她如果从吉格罗那里学到了进入洞穴的知识，应该也是有可能付诸行动的。”

加格罗的脸上慢慢地浮现出恍然大悟的神色。他说：

“原来如此……说得也是。确实，根据卡萨的话，可以推测那个女人是靠着吉格罗长枪上的图案，从新约格王国进入穆萨族领地的。”

“大哥，您说得对。她应该是过来的时候，碰巧撞见了卡萨和吉娜，于是，装成‘赎罪修行者’的样子，让两人为自己保密。这么一解释，一切都说得通了。”

加格罗叹了口气，摇了摇头。埋在心底深处的旧伤隐隐作痛起来，他叹道：

“真是的，我怎么有个这么麻烦的弟弟！光是让全族人忍辱度过这地狱般的十五年还不够吗……竟然还留下了一个这么麻烦的

后患！”

从口中吐出这番话后，加格罗抚摩着自己已经失去手掌的右手腕根儿，说：

“我如果这只手还在，尤格罗，就不会让你吃那么多苦了……”

加格罗闭着双眼，没有看到尤格罗脸上浮现出的冷笑。尤格罗说：

“都已经结束了，大哥。我只是在为族人雪耻罢了。总之，这个女人的事情，就交给我来处理吧。”

加格罗抬起头问：

“你想怎么做？”

火炉里的火光在尤格罗的脸上晃动着，他说：

“到洞穴里偷取绿白石是重罪。我会暗中调查，如果这个女人真的如我所料，是去洞中偷取绿白石的话，那么就将她以重罪处死。当然，我会小心，不会让别人知道她和吉格罗的关系。”

加格罗紧紧地皱起了眉头，说：

“说得也是……也只有这样做了。”

尤格罗看着火炉里的火焰，低声说道：

“没错，也只能如此。”

为了庆祝难得回家的尤格罗和加格罗的长子加姆的归来，邸馆里正忙着准备宴会。“乡”里的人们都收到了招待用的酒和点心，整个“乡”到了夜晚还十分热闹。

尤格罗悄悄给了加姆和“乡”的警卫长（也是他的妻弟）多姆一

个暗号，让他们在宴会的中途离席。把两人叫进自己的起居室后，尤格罗关上了厚厚的大门，立刻，外面的喧闹有如潮落时的波浪一般退去。尤格罗让两人在椅子上坐下，说：

“抱歉把你们从宴会中叫出来，发生了一件有点儿麻烦的事。”

加姆和多姆皱起了眉头，加姆紧张地问道：

“叔叔，您说的麻烦事是……”

尤格罗露出苦笑，说：

“实话跟你们说，好像有一个拿着吉格罗的长枪的女人入侵到领地里来了。”

两人的脸上露出惊惶的神色，仿佛听到早已被遗忘的亡灵之名又在黑暗中响起。

“真没想到……”多姆粗声低语道。

多姆比高大的尤格罗还要高出一个头，是一个胸膛宽厚的高大男人。他虽然看起来行动迟缓，但是头脑敏锐，是个急性子。

尤格罗向他们简单地讲了卡萨和吉娜的经历，并且把对加格罗说的话也告诉了两人。尤格罗刚说完，多姆就耸了耸肩说道：

“明白了，姐夫。我会马上派五位本领高强的警卫去追捕那个女人。那个外地来的女人，就像白山羊群里的黑山羊一样显眼，很快就能抓到。”

尤格罗缓缓地摇了摇头，说：

“的确，如你所说，很快就能找到她的行踪。但是，追捕的事，我希望由你和加姆去做。”

尤格罗使劲地探出身体，压低声音说道：“比起别人，我最信任的还是你们两个，能拜托的，也只有你们俩了。”

加姆和多姆一直把尤格罗当英雄一样热烈地崇拜着。当从尤格罗嘴里说出最信任的人是自己时，沸腾的血液让两人立刻涨红了脸。

尤格罗压低声音说：

“必须这么谨慎行事有两个原因：一个是不能因为这件事，让世人再度想起穆萨族的耻辱，特别是在现在这样的重要时期。”

两人深深地点头。

“另一个是，可能这个理由听上去有些无聊，这个女人，非常憎恨我。”

尤格罗的嘴角浮现出一丝苦笑道：

“这也是理所当然的……我杀死吉格罗的时候，这个女人就叫嚣着一定要向我复仇，而且还说要用一个让我名誉扫地的方法。我当时想，这不过是女人的怨恨，也没有在意就回来了……”

尤格罗用他那闪闪发亮的眼睛凝视着两人道：

“不管是多么无聊、多么不要紧的事情，如果在这个时候传出对我名誉有损的谣言，会给我造成什么样的麻烦，这个，你们俩应该很清楚吧？”

加姆和多姆再次重重地点头。尤格罗注视着两人说：

“你们找到那个女人以后，不用为了审讯留活口。那个女人应该师从吉格罗学了长枪，所以你们要先激怒她，在她反抗的时候杀了她。要在灾难的种子播撒开来之前，就杀了她。”

追捕队

这天夜里，巴尔萨和姑姑聊到很晚。两个人都很兴奋，明明很累了，却怎么也睡不着。

“这样慢慢地回想一下，在这二十年左右的时间里，坎巴变了很多啊。”

由加姑姑把手放在桌上，托着腮，说道：

“以前，每个氏族都有很高的自治权力，国王的氏族虽然贵为王族，但并不过问各族的事。但是，从罗格萨姆王开始，国王的权力开始逐渐扩张．现在，氏族里几乎所有的继承了族长血统的年轻人，一到十八岁就要到王都去生活。据说他们以国王和尤格罗·穆萨为中心，成立了一个叫作‘王之圈’的组织。”

巴尔萨耸耸肩说：

“比起氏族各自为营，有了这种横向的联合，国家才会更强大些吧？”

坎巴的氏族就像是一个个小国家，就连通婚也只能在各自的氏族里进行。对游历过很多国家的巴尔萨来说，这种封闭让她觉得窒息，而这种力量的分散，也让国家变得更加弱小。巴尔萨认为与其分裂成一个个氏族，还不如整合成一个国家更加稳定。

但是，由加姑姑眉宇间蒙上一片阴霾，说道：

“如果是平等的横向联合就好了。实际上，国王和尤格罗·穆萨的权力不断地加大，远远地超过了其他人。我总感觉……这里面充满了火药味。”

听着将木窗摇得哗哗作响的风声，巴尔萨想起了尤格罗。

那是跟现在差不多的季节。在青雾山脉的群山中的一间小屋里，巴尔萨和跟她从小一起长大的草药师唐达、唐达的师父巫师特洛盖伊，还有吉格罗四个人生活在一起。一天，一个男人找上门来。

吉格罗见到那个男人时吃惊的模样和平常完全不同。看到吉格罗的表情，巴尔萨感觉吉格罗似乎愿意死在这个人手里。

在那之前出现的八个追捕者，全都向雷神约拉姆立下了“无耳、无嘴”之誓。从遇见敌人的瞬间开始，他们就把所有的话语都奉献给了神灵，并且从神灵那里获得力量。“无耳、无嘴”之誓就是从这种信仰里诞生的，也就是类似许愿的举动。此外，据说如果和肮脏的罪人讲话，也会玷污自己。从这个意义上来说，坎巴的追捕者都是禁止和罪人交谈的。

所以，不论吉格罗说什么，怎么试图向对方解释，他们完全没有听吉格罗解释的打算，只是默默地对吉格罗发起攻击。

但是，那个叫尤格罗的男人却说了很多。他很爽快地告诉巴尔萨自己是吉格罗的弟弟，还有罗格萨姆王得了不治之症，只能活几个月的时间了，以及故乡许许多多的事。

吉格罗和尤格罗聊了很久，然后就开始窃窃私语起来。

那之后，将近一个月的时间里，尤格罗都住在他们家里。一到晚上，尤格罗和吉格罗两人就不知道去了哪里，直到黎明时分才回来，并且一直睡到中午。

巴尔萨心想，兄弟俩之间一定是有着只属于他们自己的秘密，所以并没有去向吉格罗打听。但她实在是太好奇了，有一天她跟在两人后面，看到了这样的一番景象：

两人连火把也没有拿，在黑暗的夜晚里下到河滩，在人很难站稳的碎石滩上拿起长枪指向对方。

在一牙弯月微弱的亮光下，长枪的枪尖闪着银光。两人一言不发地用长枪开始了激烈的交锋。刺下去、躲闪开、扭转身、挑起来——看着这些动作，就像是在欣赏一场舞蹈，美不胜收。

不久，尤格罗告别离开，孤单的吉格罗对巴尔萨说道：

“听说我哥哥……受到野狼攻击，右手因为伤口感染而不得不截肢。在穆萨族族长家传的秘技就要失传的时候，我有幸能够把它传给弟弟，肩上的担子又卸下来一个。”

“……吉格罗在那个时候，就已经遭到了弟弟的背叛吧。”

这么说来，吉格罗长枪上的金环，也是从那个时候不见的。那个时候，吉格罗可能只是把金环当作传授家族秘技的证明而转交给了弟弟，所以巴尔萨也没有多问。现在想想，那个金环可能有着更重大的意义。

向国王谎称自己击败了兄长，拿回所谓的“吉格罗偷走的金环”，并借此成为英雄的男人，就是尤格罗。

“尤格罗带回了其他八个并非吉格罗偷走的金环，也就是说，有可能尤格罗才是真正偷金环的人。”

姑姑摇了摇头说：

“这是不可能的。因为吉格罗逃离的时候，尤格罗应该只有十六岁。那时他还住在穆萨族的领地里，没有去王城。所以他是不可能偷得到的。”

“真的吗？他那时十六岁，也就是说和吉格罗的年龄差了很多。”

“嗯，确实是十六岁。”

姑姑叹了口气说：

“你生活的南方国家，应该比这里更富饶吧。在坎巴，生十个孩子，一般只有四个左右能养活，岁数差得多也没什么好奇怪的。

“先不说这个，讨伐吉格罗的第一个追捕者，本来应该是吉格罗的哥哥加格罗吧。但是，那时加格罗受了重伤，截掉了整个右手，所以没法成为追捕者。接下来的候补理应是吉格罗的弟弟尤格罗，但那时他只有十六岁，是不可能战胜吉格罗的，所以也跳过了。于是，我们氏族的塔格大人就成了第一个追捕者。这我肯定没记错。”

“如果……是这样的话，不管怎么想，能交给尤格罗九个氏族金环的人就只有一个人了。”

由加姑姑阴沉着脸，点了点头。

“嗯……罗格萨姆王。”

巴尔萨目光严厉地看着自己的拳头说：

“这是他葬送吉格罗的高明手段。然后，他再让尤格罗成为英雄，并且站在自己这一边……”

“唉，既然是推测，怎么猜都是可以的。但是要弄清楚真相的话，我们手里的牌还不够。”

由加姑姑叹了口气站起来：

“夜半的号角声已经响了很久了，我们也该睡觉了。”

巴尔萨点点头站了起来，突然好像意识到什么似的看着姑姑。

“姑姑，这个医院里有没有病人住的房间？”

由加姑姑诧异地看着巴尔萨说：

“有是有，不过为什么要问这个？刚才我已经为你准备好了客房。”

巴尔萨把靠在墙上的长枪拿过来说：

“我是想，如果有空床，请让我睡在病人住的房间里。你可以对别人说，我是你一个老朋友的女儿，千里迢迢地从别的氏族来找你治病。这样说比较好吧。或许我的担心有点儿多余，但万一有什么意外，我不想连累姑姑。早上来帮忙的那位园丁老人，请你对他也要保密。”

“巴尔萨，你在胡说什么啊……”

巴尔萨对姑姑微微笑了笑说：

“我这个人哪，就是爱操心，总是往最坏的方面想。我可不想被命运女神嘲笑。”

巴尔萨将长枪拿到手里的瞬间，由加感觉到了她身上流露出来的那股作为武士的杀气，这比语言更强烈地让由加体会到巴尔萨这么多年过的是什么样的生活。由加暗暗决定按照侄女说的做。

巴尔萨在接下来的四天里都在由加姑姑的身边。由加姑姑就如吉格罗所说的那样，是一位聪明的女性，而且比一般的男人更有胆识。由加姑姑只用简短的几句话就向病人们介绍了巴尔萨，说她是自己在王都读书时认识的好朋友的女儿，因为担心是传染病，所以要再观察一下，并且将她和其他的病人隔离，让她睡在单人病房。

值得庆幸的是，第一天碰到的那位园丁老人对由加姑姑忠心耿耿。他从姑姑的口吻中觉察到内情不简单，便没有再多问，还发誓会保守秘密，不会将巴尔萨是由加的侄女这个秘密泄露出去。

“不过啊，由加女士，”园丁老人挠着头，小声说道，“虽然我很奇怪你们二位竟没发现你们长得很像，但是你们二位真的很像，最好不要一起出现在别人面前。”

这句话让巴尔萨和由加吃了一惊。两人虽然都是女性，但对于自己的长相，都不怎么在意。所以在园丁老人这么说之前，两人连想都没想过自己和对方长得很像。巴尔萨向老人道了谢，说自己露面的时候会尽量小心，同时也感到心底涌起一股暖流——得知世上有一个和自己长得很像的人，这让巴尔萨感受到从未体会过的温暖。

在这平静的四天里，由加姑姑把自己想到的关于巴尔萨父母和吉格罗年轻时的事，都陆陆续续地讲给巴尔萨听。巴尔萨也讲述了自己和吉格罗一起度过的岁月。两人每天都追忆遥远的往昔和逝去的人们，直到深夜。对巴尔萨来说，这是一段如梦幻般快乐的日子。

但是，这样的日子并没有持续太长的时间。

在由加姑姑医院里的第五天接近中午的时候，巴尔萨正从地下的食物储藏室拿出拉嘎往上走，突然停住了脚步。马蹄声顺着风声传来，而且，是为数可观的马队正在靠近的声音。

她从窗户往外看，估摸有十个骑兵正从“乡”的方向往这边奔驰而来。其中七个骑兵的衣服左胸上别着画有雷神左耳的邕萨族徽章，另外两个骑兵的衣服右胸上别着画有雷神右耳的穆萨族徽章，中间夹着一名看起来不是武士阶层的、像商人模样的男人。

“哦，是苏拉·拉萨垆里卖衣服的人。”

“巴尔萨！”

由加姑姑跑了过来，急忙说道：

“警卫兵来了，赶快从后门逃走！”

巴尔萨摇了摇头说：

“这种情况下要想成功逃脱是不可能的。因为这里是谷底，就算逃走也一眼就能被发现。而且，虽然我不知道他们捏造出了什么理由，但是我如果逃走，不就等于承认自己有罪了吗？”

由加姑姑紧锁眉头：

“你怎么这么说呢……要是你被抓住了，不知道他们会怎么对付你……”

“来抓我，就说明尤格罗知道我是谁，还有，认为我的存在会碍事。姑姑……我想知道尤格罗的阴谋，我想知道那件事的背后究竟隐藏着什么。所以，我打算不做反抗，任由他们带走。如果靠自己的机智无法突围的话，那就到时候再说。”

巴尔萨把手放在姑姑肩上说道：

“谢谢姑姑，这四天我过得很开心。但从现在开始，我们谁也不认识谁。”

由加严厉地说道：

“你在胡说什么？别瞧不起我，我绝不会扔下我唯一的侄女……”

“姑姑……”巴尔萨的手更用力了，“我单独行动的话，行事更加便利。请姑姑不要为我担心。”

由加吃惊地看着巴尔萨，巴尔萨一直盯着姑姑，说：

“您当我是陌生人更好。这一点请您明白。”

由加意识到巴尔萨想说的话了。确实，眼下的情况，由加没有能力为巴尔萨做任何事，相反说不定还会成为巴尔萨的累赘。

正说着，警卫兵下了马，拿起长枪分成两队，大有堵住正门和后门之势。正面的木门被打开了，走进来四位男子。一位是蓄着浓密胡子、身体强壮的邕萨族警卫兵，一位是身材魁梧到让人吃惊的穆萨族警卫兵，还有一位是绑着绿头带的年轻武士，这条绿头带是穆萨族族长直系的象征，最后一位是长有一张像硝过的皮子一样皱巴巴的脸的商人。

由加姑姑表情僵硬地打开了正门，问道：

“苏萨警卫长，请问有何贵干？”

这个叫作苏萨的男人把拳头放在胸上，向由加致敬说：

“由加女士，真是非常抱歉惊动您。这位是穆萨族的警卫长多姆先生，这位是穆萨族族长加格罗大人的长子加姆大人。这两位为了追捕一个罪犯来到我们邕萨。罪犯好像是逃进了这个医院。”

由加紧盯着苏萨：

“罪犯？到底是犯了什么罪的人？”

“擅自闯进穆萨族领地的洞穴偷绿白石的女人，可是逃到这里来了？”

“怎么可能？这间医院里，没有这样的人。”

那位叫作多姆的高壮武士往前走了一步，向下瞟了一眼由加，说道：

“您怕是被那个女人蒙蔽了。总之，请您让我们确认一下她在不在里面。如果不在的话，那最好。如果在的话，不小心激怒了她，伤到别的病人就不好了。所以，请您务必冷静下来配合我们。

“由加女士，拜托您了。为了邕萨族的名誉，我们有义务协助穆萨族。”

由加一直盯着三个武士的脸。除了最年轻的加姆因为紧张表情僵硬以外，多姆和苏萨都是一副无所畏惧的样子回看着由加。男商人则是一副惊慌的表情，一会儿看看由加，一会儿又看看那三个武士。

“明白了，那你们随便搜吧。只是，有重病的患者在，请你们动作轻一点儿。”

于是他们立刻一间一间毫无遗漏地搜查医院。即使如此，在他们搜到巴尔萨所在的病房前的这段时间，对于由加来说，也是漫长无比的。

他们终于来到了那间病房前，由加知道，就算是她想救巴尔萨，现在也无计可施，只能任凭巴尔萨自己解决了。

“这里是……”

“这里是我一个老朋友的女儿住的病房。她患了很长时间的头痛，病因还没有查明，所以她母亲让她来我这里看看。”

当那扇厚厚的木门被打开的瞬间，由加在想巴尔萨会不会拿起长枪向那些男人冲过去。没想到，病房里异常安静。

巴尔萨好像是被开门的声音吵醒一样，从床上直起身来。由加在心里不禁对巴尔萨的冷静咋舌。因为巴尔萨的表情很自然，一点儿也看不出来她已经猜到自己会被抓。

“有什么事吗？”

巴尔萨惊讶地看着那些男人。男人们进到房间里，迅速地堵住了窗户和房门，然后看了商人一眼。

商人和巴尔萨四目相对，表情一下子紧张起来。

“就……就是这个女人。没错。”

商人话音未落，武士们就拔出了短剑。身体魁梧的多姆声音洪亮地怒斥道：“大胆贱民！你擅自闯入穆萨族领地的洞穴，想要偷取宝石的罪行已经证据确凿了。偷窃绿白石可是大罪！你还是乖乖束手就擒吧。”

巴尔萨还是不改一脸的惊讶，问道：

“你说什么？我不太明白你的意思……我确实是认识这个人，不就是苏拉·拉萨垆里卖衣服的人吗？就算如此，你们又怎能空口无凭地说我犯罪了呢？”

多姆笑了笑说：

“还挺会演戏嘛。但是，那两个孩子已经做证，说在洞穴里面遇到过你。”

巴尔萨在心中叹了一口气：

那两个孩子……还真是快啊，这么快就说出去了。

“是啊，我确实进洞穴了，但我并不是为了偷宝石进去的。我只是要从洞穴中穿过，从新约格王国进入穆萨族领地而已。”

听着巴尔萨从容的回答，苏萨用有些动摇的、不可思议的眼神看着穆萨族的两人。多姆和加姆看也没看苏萨，狠狠地盯着巴尔萨。

巴尔萨对多姆和加姆投以锐利的目光，开始套对方的话：

“派你们来的男人，也是这么蛮横吧？算了，我还是在穆萨族族长面前讲我来这里的理由吧，如果在各位面前说出理由，会让你们不好办的。”

多姆和加姆突然满脸涨得通红。加姆终于开口了：

“如果你老实点儿，乖乖跟我们到穆萨族族长面前接受审讯，那也好办。有什么理由到审讯时再说吧。

“不过，你可要做好准备，父亲大人心思缜密，他可不会轻易被你糊弄。”

巴尔萨听话地把手放到背后让他们绑起来，多姆牵着绑巴尔萨的绳子走在前面，加姆从床下拽出巴尔萨的长枪和行李，拿着跟在后面。

邕萨族的警卫长苏萨总有一种不能释怀的感觉，但好歹没有闹出乱子，巴尔萨就乖乖束手就擒了，他似乎松了一口气。

巴尔萨走在走廊里的时候，病人们从两侧的房间里惊恐地探出头来。看到在大门口等着的由加，巴尔萨微微点了点头说：

“由加女士，非常抱歉给您添麻烦了。这些人好像弄错了，我去澄清以后，再回来付您医疗费。”

由加看着巴尔萨的眼睛，不由得大吃一惊，原本自己还琢磨着要说点儿什么鼓励她，没料想她的眼睛却像即将上场的斗鸡的眼睛一样闪烁着坚毅的光芒。

带毒的枪尖

这一天风很大，警卫兵的卡奴的下摆被刮得随风飘动。他们给巴尔萨选了一匹小马。多姆和加姆把巴尔萨夹在中间，两人一人一边地牵着绑着巴尔萨的绳子，驱马前进。

巴尔萨虽然感觉姑姑在背后一直注视着自己，但没有回头。

为了遮挡刺眼的阳光和被风卷起的沙子，巴尔萨眯起了眼，仔细思考眼前的状况。

她刚刚套他们话的时候，从多姆和加姆的表情可以看出，尤格罗在一定程度上已经对两人讲了这件事，但同时，他们却对邕萨族的警卫兵隐瞒了真实的情况，邕萨族的警卫兵们觉得巴尔萨只是一个不守规矩的强盗。

在他们走到邕萨族和穆萨族交界地的约一个小时里，没有一个人开口说话。到了边界的栅栏处，苏萨警卫长露出犹豫的表情，看了看四周，问道：

“好像没有来接你们的士兵啊。需要的话，我借两骑给你们？”

多姆笑了起来，摆了摆手说：

“不用，不用，谢谢您的关心。只不过是押送一个女人而已，要是有两个以上的武士跟着，那穆萨族就名誉扫地了。请您不要担心。”

加姆继续说道：

“苏萨先生，您真是帮了我们大忙了。您的恩情，我们是不会忘记的。”

苏萨听到族长的长子这么直率的感激之言，心情稍微好了一点儿，说道：

“哪里，我只是做了应该做的。那——你们一路小心。”

等邕萨警卫兵策马疾驰返回自己的领地后，多姆招手让站在后面的商人过来。商人尽量不去看巴尔萨的眼睛，走到多姆面前。多姆咣啷咣啷地往他手里扔了好几枚银币说：

“辛苦了。多亏了你，我们才能这么顺利地抓到这个罪犯。你可以穿过山谷里的道路回苏拉·拉萨圬了，我们要从山路回去。”

商人一副不安的神情，转了转眼珠，看着多姆低声说道：

“这个女人……不会来找我报仇吧？”

多姆听完，冷冷地笑了笑说：

“不会，绝对——不会。”

商人低头行了个礼，全力策马前行，以最快的速度从他们面前消失了。

“那我们走吧。”

多姆伸出大手用力地拍在巴尔萨的背上。巴尔萨如果没有事先预料到他伸手的动作，可能已经落下了马，摔倒在地上。尽管巴尔萨在就快被打到的时候，上身微微前倾，以减轻拍击的力度，但她还是痛得肺都在震颤。

“哦，接得不错嘛。”巴尔萨的耳边传来了多姆嘲笑的声音，“看样子，你是被吉格罗这样揍习惯了吧？”

比起被打的痛，这句话深深刺痛了巴尔萨。但是，巴尔萨的表情一点儿也没改变。直觉告诉她，不可以表现出自己的愤怒。

加姆在后面咬紧了牙。就算这是他敬重的尤格罗叔叔的命令，但这样去欺负人，故意刺激她反抗并趁机杀掉她的这种做法实在过于卑鄙。

但是多姆却好像乐在其中的样子。走在树木稀稀拉拉的满是岩石的山上，多姆不停地对巴尔萨讲吉格罗的坏话，还故意去撞巴尔萨的马，想让她摔下去。在这个连驱马前行都很困难的岩山上，如果摔下马去，可能会受重伤，或者一不小心连命都没了。巴尔萨开始沉痛地体会到，多姆巴不得这样的事情发生。

当太阳开始落山、树木长长的影子倒映在岩石上的时候，三个人来到了一片流淌着清澈小溪的草地。巴尔萨满身大汗，气喘吁吁。因为风大，空气十分干燥，她的喉咙火辣辣地疼。

“加姆少爷，我们在这里休息一下吧。罪犯好像也累了。”

多姆把巴尔萨拽下马，绑到一棵树上。这种绑法实在是太敷衍了，绑得很松。加姆则把巴尔萨的长枪放在旁边一棵树的树根处。

两人在小溪边洗脸喝水。多姆看见加姆往皮水袋里装水，很是惊讶，问道：

“还有大约一个小时就到‘乡’了，不需要水了吧？”

“我拿给那个女人喝。”

加姆刚一说完，多姆就从加姆手里抢去水袋，摔在了地上。

“你干什么？！”加姆大声问。

多姆把脸凑近加姆，说道：“加姆少爷，那边的那个不是女人，是一只妨碍我们达到目的的害虫而已。”

加姆的热血涌了上来，高声道：

“她不是虫！就算要杀，也不能用这种卑劣的手法！”

巴尔萨一边调整呼吸，一边听着两人的对话。等到不再头晕，也能看清楚周围的时候，她一下子把手从松垮的绳子里抽出来，搓着已经麻痹的手。

巴尔萨擦了擦额头的汗，看了一眼争执中的两个人。愤怒中的加姆的侧脸，竟然酷似吉格罗，巴尔萨不由得心中一惊，再次想起加姆就是吉格罗的侄子。

虽然要跟吉格罗的亲人对决，实在是富有讽刺意味的机缘巧合，但她也不能就这样乖乖地被他们杀掉。

“好了，出手吧。”

巴尔萨晃了一下头，用那两人都听得见的声音砰砰地拍手。

正在争执不休的两个人大吃一惊，看向巴尔萨。满头大汗的巴尔萨笑了笑，站了起来，说道：

“你们想的办法还真是麻烦啊。总之，你们就是希望我反抗，好让你们有正当理由杀我对吧？如果就这样下去，我不反抗也不逃跑，你们打算怎么办呢？”

多姆用长枪咚咚地敲击着手掌说：

“无所谓，反正结果都是一样的，只不过反抗的话更好而已。因为除了我们，也没有别人看着……我早就想解决你了，不动手只不过是因为体谅我们的族长少爷。”

加姆吃惊地看着多姆说：

“你说你体谅我？”

“对啊。尤格罗大人非常了解加姆少爷您。唉，因为您还年轻，所以这也是没办法的事。恕我多嘴，想要成大事，就应该不惜让自己的手沾满鲜血。”

加姆紧紧地咬住了嘴唇，不久后冒出一番话来：

“我不是在犹豫血会弄脏我的手！我的意思是说，同样是杀，我们应该让那个女人拿起长枪来，光明正大地和她决一胜负，然后再杀掉她！我们应该让她死得光荣。”

巴尔萨把头发往上拢了拢，说道：

“那个叫加姆的，是吧？你远比那个大块头像个人。但是，你搞错了一点。”

巴尔萨一直盯着加姆：

“光明正大的胜负也好，别的什么也好，被杀的人是没有什么光荣可言的。这只不过是杀人者的借口而已。你的叔叔吉格罗，对这一点再清楚不过了。”

接着，巴尔萨抬起头来看着多姆，说道：

“我说，那个大块头。我本来是想能够平安无事地见到尤格罗才一直这么忍着过来的，但你好像死活都要在这里杀掉我，所以我也没有忍的必要了。”

多姆的嘴角浮现出轻蔑的笑容，说道：

“哦？你是说要和我交手？那当然求之不得了。加姆少爷，这下好了吧，看起来，这会是你喜欢的光明正大的决斗。”

巴尔萨笑了笑：

“谁说要决斗了？”

紧接着，巴尔萨拿起长枪，立刻跑到了树丛后面。多姆气得满脸通红，说道：

“你这个家伙……”

多姆急急忙忙跑去追巴尔萨。忽然，有什么东西滚动着，唰的一下打中了多姆的眼睛。多姆大叫一声往后退去。打到他眼睛的是用来绑巴尔萨的绳子。

加姆看着巴尔萨从树丛后面跳出来。多姆果然有两下子，他知道会是这样，于是把长枪向着巴尔萨的方向捅来，但巴尔萨的动作远快过他。

巴尔萨将自己的长枪转了半圈，像是要捞起来一般弹开了多姆的长枪，并顺势将手中的长枪往前送。包住长枪柄的金属箍狠狠地打在了多姆的鼻子上，立刻发出了鼻骨断裂的声音，多姆身体往后仰，向地上倒去。

但是，多姆不愧是一个以力大而出名的武士，他并没有就这样倒下去，而是以一种出人意料的、和他的身材不相符的灵敏身手一边倒地，一边使劲地用自己的长枪横扫过去。

巴尔萨迅速跳起，避开了飞来的长枪，从上方将自己的长枪往下刺。枪尖深深地刺进多姆的肩膀，多姆发出痛苦的惨叫。

巴尔萨眉头皱都没有皱一下，踩着多姆的肩膀，把长枪拔了出来。

加姆好像全身麻痹了一般，呆呆地看着这场决斗。他还是第一次看到多姆在决斗中输得这么惨，也是第一次看到非练习的实战。加姆甚至都没有意识到，巴尔萨其实并没有给多姆致命的一击。

巴尔萨绕开疼得满地打滚的多姆，转身对着加姆说：

“好了，你打算怎么办？要打吗？”

加姆感觉到自己的膝盖抖个不停，尽管如此，他还是咬紧牙拿起长枪对着巴尔萨。巴尔萨点了点头，非常迅速地拉近了两人的距离。

加姆好像是要鼓励自己一样，从丹田往上运气。就在这时，倒在巴尔萨身后的多姆朝巴尔萨扔出了长枪。

就算是身经百战的巴尔萨也没有料到，他会用并非自己惯用的那只手扔枪，如果巴尔萨躲开了，会直接击中加姆。她没想到多姆会做出这么危险的举动。所以，当她感觉到背后的杀气时，她只有一瞬的契机闪身躲开。

枪尖擦到巴尔萨的肩膀，速度也因此慢了下来，加姆这才勉强把长枪打落下来。

巴尔萨的耳边传来了多姆嘲笑的声音：

“你死定了。我的长枪是……涂了托佳露（一种毒，巧妙使用的话，可让眼睛在黑暗中也能看清东西）的。”

巴尔萨感到被擦伤的肩膀周围开始产生一种很奇怪的麻痹感。多姆所言不假。已经没有时间了，巴尔萨重新面朝加姆，并迅速地向他跑过去，打飞他在惊愕中拿起的长枪，并利用这个空当，用枪柄的金属箍刺向他的心窝。

加姆就像是突然间断了弦一样倒在地上，没有了知觉。巴尔萨头也不回，干净利落地跳过浅溪，朝着岩山方向跑去。

虽然太阳早已落山，但天空中还泛着淡淡的蓝光。麻痹感从左肩的伤口扩散到背部和胸口。巴尔萨一面祈祷着继续这样流血可以多少流掉一些毒素，一面继续爬着岩山。

不久，淡蓝光也消失了，岩山沉没在夜晚的黑暗中。除了偶尔会有坎巴山羊看到巴尔萨而受惊逃走的羊蹄声，就再也没有别的动静了。

麻痹感扩散到了双腿。就在巴尔萨一脚踩上岩石的刹那，她滑了一跤。虽然巴尔萨心想不妙，但她无法重新站好。她腹部的一侧撞在了岩石上，她感觉自己好像被夹在岩石的缝隙里一般，倒了下去。就这样，巴尔萨没能站起来，昏了过去。

提提·兰

“我可教过你，万事不能大意。就算你认为敌人倒下了，也绝对不可以背对着敌人！”

好像感觉到吉格罗在耳旁怒吼，巴尔萨吓了一跳，睁开了眼。眼前是模糊的白茫茫的一片，自己的胸和背好像被什么硬物夹住了似的动弹不得。

巴尔萨逐渐恢复了知觉，想起了自己身处何地。她好像是滑落到岩石的缝隙间，然后就晕了过去。尽管还有些麻痹感，但终归人没死，这已经谢天谢地了，大概是因为侵入体内的毒量还不足以致死吧。

巴尔萨缓缓地动了动压在下面的右手，还好，勉强能动。她喘着粗气，挣扎着缓缓站起身来。她背靠岩石，把腿拉过来以后，深深地呼了一口气。

月亮似乎已升了起来，绵延不断的坚硬的岩石上泛着朦胧的白光。

不知为何，巴尔萨觉得世界看起来怪怪的，也许是中了毒的原因。月光明明微弱，但看起来却特别明亮。偶尔能听到岩鼠之类的小东西跑动的声音，还有飞下来追逐它们的猫头鹰拍动翅膀的声音。

好了……接下来该怎么办?

巴尔萨眺望着月光照耀下的奇异世界，心里盘算着。

先前被抓的时候，她还想，如果能被带去见尤格罗，那就先去看看再说。

我的想法，太天真了。

想想看，尤格罗怎么可能去冒哪怕是一丝会被揭穿英雄假面的风险呢？恐怕往后他也绝不可能给自己任何辩解的机会，他会想办法找一个正当的理由杀掉自己。

巴尔萨对掌权者的可怕之处心知肚明。就算她自己再有本领，单凭她一个人的力量，也是无法撼动手握大权的尤格罗的。如果真的可以……养父吉格罗和亲生父亲，还有自己的人生也就不会走到这一步了。

自己能做的，只有保住命逃走吧……

和吉格罗一起不断逃亡的漫长岁月——没有如那些家伙所愿被杀

掉而活了下来，这就是她唯一的反抗的证明吧。

多么渺小的人生！

一股强烈的悲凉感，涌上了巴尔萨的心头。

不是要孕育出什么，也不是要创造些什么，只是一味地逃跑，如同要逃离猫头鹰追逐的岩鼠一般，只是为了活下去……

这个时候，巴尔萨注意到对面的岩石背后有一点小小的亮光。

是萤火虫？

最初的一瞬间巴尔萨以为是萤火虫。但在这么寒冷的季节里，并且没有水的岩山上是不可能有萤火虫的。微微的蓝光嗖的一下飞快地奔驰起来，只留下一道余光。它咚咚地弹跳着，正当巴尔萨以为它要跳上这个岩石的时候，它又跳到别的岩石上去了。

巴尔萨的脑海里突然浮现出小时候母亲讲过的一个传说：

“千万不要在美丽的月夜靠近岩石哟。因为美丽的月夜是提提·兰（骑鼬鼠的猎人）打猎的夜晚……提提·兰虽然长得很小，却是非常可怕的猎人。要是妨碍他打猎，被他诅咒了，人是会发疯的。”

不会吧……巴尔萨心想。

仔细一看，那个亮光四处移动了好几次。巴尔萨屏住呼吸，目不转睛地一直盯着那个亮光。如果是平常，天黑了就应该看不见这样的景象了，因为她现在中毒了，看起来却格外清晰……那是有如梦境般奇妙的景象。

对面的岩石上，站着一只小鼬鼠。月光下，它那光滑的皮毛如霜般闪闪发亮。一个小小的人骑在它的背上，右手拿着细长的枪，左手

拿着长柄火把。仔细一看，那根长柄原来是花梗，垂吊在前面的是它的花朵，不知道里面到底装了什么东西，整个花朵发出淡淡的蓝光。

不久，好像是在嗅着风的味道，鼬鼠和小人都仰起了脸。巴尔萨在心里祈祷着，希望自己的味道不会飘过去。

突然，鼬鼠和小人好像同时发现了猎物，可以感觉到他们的神情忽然紧张起来了。巴尔萨定睛一看，原来是一只金龟子被蓝光吸引了，正向他们飞过去。小猎人的枪以双眼无法捕捉到的超快速度立刻刺穿了金龟子。

但是，这只金龟子对提提·兰而言，似乎是有些过大的猎物。要抓住这个有自己身体一半大小、还不停扑腾的金龟子，提提·兰很是吃力。

这时，巴尔萨听到翅膀轻轻拍动的声音。她吃惊地往空中看去，一只猫头鹰正朝着提提·兰冲下来。

猛然间——没有思考的余地——巴尔萨捡起手边的小石子嗖地向猫头鹰扔去。虽然没有打中，但猫头鹰受到惊吓飞走了。听到翅膀拍动的声音，提提·兰和鼬鼠也注意到了猫头鹰。眨眼间，提提·兰的身影在岩石下消失了。

巴尔萨深深地叹了一口气——也不知道刚刚自己看到的景象是真的呢，还是因为中毒而看到的幻象……

巴尔萨感觉自己好像发烧了，全身发冷，可是又不能生火取暖。此时的巴尔萨多么希望有件卡奴披在身上！夜晚的寒气侵入流过汗的体内，让她越发觉得寒冷。她背靠着岩石，一点点往下滑，最后整个人倒在了地上。

迷迷糊糊中，巴尔萨被周围的动静惊醒了。因为没有感受到丝毫杀气，所以她并没有一跃而起。她轻轻地睁开眼，看见一团蓝光就在眼前，还有……一张非常小的脸。

白发红眼的少年，一动不动地盯着巴尔萨。虽然他的身体小到可以整个被收进掌心，但容貌却异常美丽端正。仔细看去，他身上所穿的衣服，感觉好像是用草的纤维和虫的毛做成的。

宛如虫鸣般的细小的声音传了过来：

“图·兰（大猎人）……”

这是坎巴语。巴尔萨轻轻地眨了眨眼，表示自己听到了。因为她觉得自己要是对提提·兰讲话的话，提提·兰会被吓跑的。

“谢谢你救了我。提提·兰会同样用救命来还救命之恩的。”

提提·兰的视线移向巴尔萨的伤口，然后又移回来看着巴尔萨的眼睛说：

“是托佳露的味道。托佳露是图·卡奴（大哥）和我们战斗时用的毒，他们身上有解药，我去把他们带来。”

巴尔萨微微地摇了摇头，用尽可能小的声音说道：

“谢谢你的这份心意。图·兰现在正在追我，请不要叫他们来。”

提提·兰浅浅一笑，说道：

“我没说要叫图·兰，我说的是叫图·卡奴来。”

提提·兰说着，往后退了几步，然后把手指贴在嘴上，吹出了“咻咿”的尖厉的指哨声。接着，从另外一个岩石后面也传出了同样的指哨声。就好像是在传令一般，指哨声此起彼伏，一直传到了很远的地方。

不久，比提提·兰的指哨声更大的口哨声传了过来，接着就响起了许多人的脚步声。

巴尔萨发着高烧，朦胧中觉得有人凑近自己的脸。那个人身材像是孩童，却有着一张老人的脸。

“啊……是牧羊人。”

巴尔萨想起小时候和自己一起爬上山玩耍的牧童少年。

“是提提·兰啊。”耳边传来了老人的低语，“我们听到指哨声的召唤，于是就赶来了……这个人是谁啊？”

巴尔萨依稀间听到了提提·兰回答的声音：

“不知道。但是在我要被猫头鹰偷袭的时候，她救了我。所以，我想救她——她好像中了托佳露的毒，还说自己正在被追捕。”

巴尔萨感觉到有人在轻轻抚摩她的伤口。

“啊，是托佳露的味道，还有铁的味道。是被枪刺伤的吧。齐鲁·卡奴（小弟），这个人就交给我们。趁月光皎洁，你继续狩猎吧。”

“谢谢，图·卡奴！愿你们的山羊健健康康地在岩山上活蹦乱跳！”

这句话是巴尔萨最后的记忆，她再一次晕了过去。

因为中毒导致的高烧，巴尔萨在昏沉的梦中回到了自己二十四岁时照料临死的吉格罗的日子。因为疾病而失去精神和气力的吉格罗脸庞消瘦，面色憔悴。为自己牺牲了那么多的人，到最后得到的只有病痛的折磨，这实在是太残酷了。

巴尔萨在紧闭着双眼的吉格罗的耳边，拼命地说道：

“父亲，父亲大人所犯下的罪由我来赎，请您安心地走吧。我会去拯救八个人的性命，来为您赎罪！”

吉格罗立刻微微睁开了眼：

“救人……比杀人还难，你别讲得这么肯定。”

吉格罗的嘴边，浮现出浅浅的笑容：

“我会沉入母亲山脉尤萨的群山下，自己的罪自己赎。”

巴尔萨握住吉格罗的手，闭上眼，咬紧了牙。

吉格罗的手也用力地回握着她。

“巴尔萨，我做梦都在想，假如我当初选择了另外一条路，会不会有更好的人生呢？”

巴尔萨惊讶地看着吉格罗，吉格罗笑了起来：

“答案是……如果我现在可以回到少年时代，重新选择自己的人生，我想我一定还会走同样的路吧。

“因为我选择了一条只能这么走的道路，所以……我不后悔。”

吉格罗的手更用力了：

“我唯一后悔的，就是没能让你活得更自由。我在你心里留下的沉重阴影一直挥散不去。”

巴尔萨用自己的另一只手，紧紧地握住了吉格罗的手：

“这个，我自己心里有数。”

吉格罗意味深长地笑道：

“从小，你心里就有压抑不住的愤怒。这个愤怒是你的救赎，也是你的诅咒。如果有一天你能够跨越愤怒，或许你就会轻松很多……”

巴尔萨做了一个梦，梦见自己被抬到了地底，耳边萦绕着好几个人喃喃的低语，嘴里被灌满了带着苦味的水。随着这苦水从喉咙流下去渗透到体内，巴尔萨感觉身体逐渐舒坦起来。

在黎明寒冷的空气中，巴尔萨睁开了眼。周围还有些昏暗，但透过左侧的岩缝可以看见天空。天空已逐渐发白，还微微泛蓝，已是黎明时分。看着看着，巴尔萨感觉自己的心灵也清透起来。

穿过去试试……

巴尔萨心想。不是从猫头鹰的爪子下逃走，而是反过来爬到猫头鹰的身上，对准它的脖子咬下去。到那时，猫头鹰就会尝到岩鼠痛苦的滋味了吧！

没有什么冠冕堂皇的理由，我只是想为自己的痛苦报仇而已。

巴尔萨苦笑着。这一点，现在清晰到连她自己都大吃一惊。

那就应付一下自己这虽然无聊但却无计可施的情绪吧，去看看穿越过去的前方有什么在等着自己……

巴尔萨沉睡过去——这一次，她进入了无梦的沉眠之中。

第三章

『山之王』的臣民

“仪式场的黑暗，可以看穿人心——对‘山之王’心怀敌意的‘舞者’，立即就会被索鲁杀死。不管长枪使得多么好，只要是索鲁要杀的人，就没有一个逃得掉的。就算让成千的士兵埋伏在山之底，想要赢，也是不可能的。”

巴尔萨忽然想起那被令人难以置信的速度横切掉的火把断面，感觉到阵阵寒意袭来。

王的使者到来

族长的长子加姆和警卫长多姆重伤归来的消息立刻传遍了整个“乡”。苏拉 · 拉萨坊里那个卖衣服的商人非常害怕，因为传闻在商人中间也传开了。为了防止造成恐慌，族长加格罗决定将族里的武士们召集起来把事情解释清楚。

卡萨作为拥有长枪的男子里的一员，得到了在大厅一角落座的资格。在男人们的嘈杂声中，卡萨的视线一直在寻找着表哥加姆。好不容易看到他的时候，卡萨吓了一跳。他好像只是肋骨折了，腹部用宽皮带固定着，但他急剧消瘦下来的脸上浮现出和以前判若两人的阴郁表情。卡萨没有看见多姆的人影。

族长加格罗用长枪的金属箍咚咚地敲着石地板，所有人都停止了讲话。加格罗那低沉但有力的声音响彻了整个大厅：

“穆萨的武士们，今天把你们召集到这里来，我想大家也已经听说了，是因为发生了一件关系到我族名誉的大事。详细的情况，尤格罗会向大家说明。”

尤格罗向前走了一步。阳光从细长的窗户射进来，照在他的身上，尤格罗说道：

“穆萨的武士们，我想三十岁以上的族人都还记得一个亡灵，被我亲自手刃之人的亡灵，他出现在了我们穆萨领地。”

低沉的喧哗声在大厅里响起，卡萨看见父亲绷着脸。

“没错，就是族长和我永远都以称他为兄弟为耻的那个男人，坎巴最卑劣之人——吉格罗的亡灵。”

尤格罗轻轻地叹了一口气说：

“吉格罗偷走象征王室和氏族联盟的‘王之枪’的金环逃跑的时候，我年仅十六岁。父亲病逝，大哥加格罗也遭遇不幸，痛失右手。如果没有这些接连不断的不幸……如果我是已经年满二十岁的青年……坎巴八个氏族里那些最杰出的青年，也就不会丧命了吧。

“吉格罗的确很有实力。我是和他最后交手的人，这一点我十分清楚。但是，我从内心里已和他恩断义绝，因此我才得以毫不犹豫地大义灭亲。”

大厅里鸦雀无声。年长的男人们想起了当年的忍辱偷生，并再次充满骄傲地想起那个为大家雪耻、以英雄的姿态凯旋的年轻的尤格罗的身影。年轻人虽然都听说过这个故事，但听尤格罗亲口说出来还是第一次，所以也都兴致盎然地专心听着。

“有件事我没有对任何人提起过。当我和吉格罗决斗时，有名女子一直在旁边观看，是名二十二三岁的年轻女子。虽然我和吉格罗是正大光明的决斗，我给了他一个荣耀的死法，但这名女子看到吉格罗被我所杀，还是诅咒了我。”

因伤口剧痛，加姆抚摩着折断的肋骨的周围。

他耳边回响起那个女人满头大汗地往后拢头发时说的话：

“光明正大的胜负也好，别的什么也好，荣光是属于胜利者的。这不过是杀人者的借口罢了。你的叔叔……吉格罗，对这一点很清楚。”

“我不过是替天行道而已，但是女人这种东西啊……”尤格罗微笑道，“我还真是搞不懂，这个我想大家都有同感。”

男人们之间，就像平静的湖面上泛起了一阵涟漪似的，开始窃窃私语并发出笑声。

但是，加姆笑不起来。因为那个端着长枪的女人，和现在被叔叔拿来当作笑料的女人，有着天壤之别。

“总之，那个女人诅咒了我。她说总有一天会让我成为世人的笑柄，一定要践踏我的名誉。我当时并没有在意，所以也就忘得一干二净。可是，没想到这个女人竟然真的来了。童诺、卡萨！”

看到尤格罗突然用手招呼自己，卡萨跳了起来。父亲慌慌张张地向卡萨招手，两人走到尤格罗的身边。大家都很好奇地看着他们，想知道究竟发生了什么。卡萨完全不记得自己站起来以后是怎么来到尤格罗身边的。

尤格罗把一双又大又沉的手搭在卡萨的肩上说：“我想大家都知道，卡萨的妹妹吉娜——我妹妹的女儿……她和我妹妹很像，是个勇敢的女孩。”

卡萨的同伴们发出了阵阵笑声。

“吉娜想让我的儿子难堪，所以进到洞穴中试胆量。哥哥卡萨为了救她，也进到洞穴中。据说在那里，他们碰上了从新约格王国那边穿过来的那个女人。”

卡萨大吃一惊。的确，虽然现在尤格罗的话并没有说谎，但他却漏掉了最重要的地方——在他们遭到索鲁袭击的时候，多亏那个女人出手相救……

就在卡萨急急忙忙想要开口说话的瞬间，搭在他肩上的尤格罗的手突然用力一按。尤格罗的眼睛告诉他，我们大人说话，你不要多嘴。卡萨求救般地看着父亲，但父亲只是轻轻地摇了摇头。

“那个女人对卡萨他们说自己是‘赎罪修行者’，并且要他们为自己保密。卡萨虽然还很年轻，但不愧是我们氏族的武士，他感觉到这个来自洞穴深处的外来人会带来危险，于是立刻向我们报告了这个消息。因为他们提供了这个宝贵情报，所以我给了他们奖赏。为了防止这件事在一般百姓中间传开，我就嘱咐他们对外说是捡到了绿白石。”

卡萨目瞪口呆，什么话都说不出来，就好像是做了一场噩梦。这就是大人们所谓的深思熟虑吗？尤格罗断章取义，实际上已成功地歪曲了事实。

但卡萨说不出“事情不是这样”的话来，因为他觉得在场注视着自己的男人们的目光很可怕。而且他想如果这是尤格罗大人的深思熟虑的话，他就不能因此坏了大事。

“我对卡萨刮目相看了。他虽然身材矮小，但是胆量和头脑都是很不错的。”

尤格罗对卡萨露出微笑，卡萨战战兢兢地回以笑容。当尤格罗示意他可以回自己的座位后，卡萨颤抖着穿过那些男人，回到自己后面角落的座位。中途有男人拍着他的肩夸他做得好，但他已经没有心思应答了。

“总之，正因如此，我得知那个女人乔装成‘赎罪修行者’潜入坎巴来。于是，我立刻拜托加姆和多姆去追捕她。他们俩非常顺利地找到并抓住了藏身在邕萨族领地的那个女人——这是昨天的事。”

尤格罗招手让加姆过来。

“众所周知，加姆和多姆的枪技都是一流的。尽管加姆还年轻，但武艺也是接近一流水平的。所以作为我来讲，自然十分放心让他们俩去把那个女人带回来。但是……”

尤格罗叹了口气，看了加姆一眼，又把视线转向其他男人：

“那个女人实在是像狼一样奸诈狡猾。据说她在通过岩山的时候，故意坠马，装出受伤的样子。多姆吓了一跳，正打算下马去查看情况，可那女人突然弄惊了多姆和加姆的马，导致多姆坠马摔断鼻梁，加姆也折了肋骨。可就算这样，多姆还是努力地要去抓住她，于是她拿长枪刺伤了多姆的肩膀逃走了。是这样的吧，加姆？”

加姆铁青着脸抬头看着叔叔，他对这令人作呕的谎言感到厌倦不已。他尊敬自己的叔叔，也明白为了成大事，有必要说这样的谎。但是，个性直率的他对这种不断用谎言去掩盖谎言的行为实在是厌倦极了。

尤格罗的双眼迅速地眯了起来，他大概已经敏锐地觉察到了加姆心中的犹豫。尤格罗在这些事上，是个敏锐得让人害怕的男人。

“我并不是在责备你什么都没做成。”尤格罗口气温和地说道，“你年纪小，肋骨断了也很疼。所以，没必要为了没能帮上鼻梁断了也还在继续战斗的多姆，而让那个女人跑掉的事感到羞愧。”

加姆目瞪口呆地看着叔叔。坐在旁边的加格罗，也因为对儿子的行为感到羞愧，脸微微地有些变形。

“不是这样的！那个，是多姆他……”

父亲加格罗打断了准备开口说话的加姆：

“加姆，你给我知耻一点儿！你想把不在场的多姆当作你的借口吗？”

加姆大吃一惊。多姆的伤势确实很重，但也并没有严重到不能到场的程度。加姆亲耳听到叔叔尤格罗对多姆说不用到大厅来，让他好好休息。

加姆咬紧牙关。他不安地感到自己的周围不知不觉中布满了绳索，正向他紧紧地逼来。在这种情况下，不论他说什么，听起来都像是在找借口。除了沉默，他别无他法。

“哥哥，加姆还很年轻。请您不要生他的气。”

尤格罗沉稳地说完，又重新看着大厅里的男人们，继续说道：

“已经讲了很长时间了，总之，出于这样的原因，我可以肯定这个女人现在已经逃进了我们穆萨族的领地。不过她逃走的时候身上没有卡奴，也没有带任何行李，在这个季节里，我想她逃不了多远。我想挑出五十名武士分头追捕她，让牧童们也来帮忙。”

接着，尤格罗微笑着补充道：

“我要提醒大家的是，一定不要小看那个女人的狡猾和她使长枪的本领。还有，不论她怎么狡猾地污蔑我，请大家都不要相信。”

男人们笑了起来。这时，高亢悠扬的号角声像是要盖过他们的笑声一般响了起来，大厅里立刻变得鸦雀无声，接着，又是浪潮一般的喧哗声向四周扩散开来。高亢悠扬的号角声，是坎巴王的使者来访的信号。

不久，敲门声响起，守门的年轻人打开了门。

看着走进大厅的两个武士，男人们变得安静起来。来访的人，身上披着表明坎巴王使者身份的紫色卡奴，头上缠着镶有银丝的头带。

他们朝着尤格罗等人高举起用羊皮卷起并用蜡封好的信件，用响亮的声音说道：

“给穆萨族加格罗·穆萨、尤格罗·穆萨二位大人请安。

“这是坎巴王给尤格罗·穆萨大人的急件。”

在男人们紧张的注视中，使者向前将信件交到尤格罗手上。尤格罗行礼后收下了信件，并当场撕掉封条，展开信纸。他默默地看着，不久后，对使者说道：

“长途跋涉多有不易。我已收到信件，这就去准备，后天前往王都。请二位在邸馆暂作休息。”

尤格罗对年轻的随从使了个眼色，年轻的随从便将使者带出了大厅。

尤格罗环视着大家：

“氏族的男人们啊，是国王传来的消息。据说‘通往山底的大门’打开了。”

男人们都屏住了呼吸。王都里，王城深处的岩山上有一个洞穴，在这个洞穴的深处，有一扇由岩石天然形成的门，这扇门只能从山的内侧开启。

“通往山底的大门”打开了，也就是说“山之王”发出了要在这个冬天举行绿霞石馈赠仪式的信号。

上一次举行绿霞石馈赠仪式，已经是三十五年前的事了。还记得仪式的男人，在这个大厅里可以说数量不到一半。男人们喜不自胜，发出了雷鸣般的欢呼声。仪式之年终于到来了。

虽然举行仪式的间隔时间偶尔会有不同，但通常大约是每二十年举行一次。可是，距离上一次仪式已过了二三十年了，仍旧一点儿也没有要举行仪式的迹象。坎巴的人越来越贫穷，并且陷入了一种不安的情绪之中。

有很多人谣传这是因为参加最后一次仪式的吉格罗偷走了象征着王和“王之枪”纽带的金环，逃到了国外。他这种令人难以置信的背叛行为，玷污了坎巴和“山之王”之间神圣的纽带……但不管人们有多么不安，绿霞石都是遵照“山之王”之意赠送的宝石，只要“山之王”没有主动行动，坎巴人就无计可施。

终于，在第三十五年之际，“山之王”传来了举行仪式的信号。可见，坎巴与“山之王”的纽带并没有被切断。

男人们脸上满是难以言喻的欣喜，大家沉浸在巨大的喜悦之中。

如果坎巴王得到绿霞石，大量的粮食就可以流入坎巴。国王也会送给各氏族一些礼物，接下来的几年都不必再担心过冬的粮食问题了！对贫穷的坎巴人来说，绿霞石馈赠仪式是他们多年来翘首以盼的喜从天降的大好事。

“俗话说事情总是赶到一块儿，这话看来说得挺对。好了，武士们，大家分成两组赶快行动！明天中午前，要准备好穆萨族送给‘山之王’的礼物。”

男人们开始喧哗起来。尤格罗用长枪的金属箍“咚”地敲了一声。

“还有一件事，我刚想到的，希望得到大家的同意。”

尤格罗把等候在一旁的自己的长子西姆叫了过来。身材高大的西姆已经和父亲尤格罗一样高了。

“平时，都是由加姆作为随从一起去王都。但是，大家也看到了，加姆现在受了伤，不可能骑十来天的马长途奔波。所以，我想后天暂且由西姆作为随从和我去王都。西姆今年已经十六岁，也差不多该到王都去和其他氏族族长的儿子交往、锻炼一下了。大家觉得怎么样？”

加姆脸色铁青，看着叔叔和父亲。父亲耷拉着脸对尤格罗点了点头，其他的男人也没有理由反对。

“加姆，你也别担心。从‘通往山底的大门’开启到绿霞石馈赠仪式的举行，一般大约需要二十五天的时间。等你伤好了，再来和我们会合吧。”

尤格罗对加姆说完以后，又对着氏族里的男人们大声说道：

“好了，穆萨族的武士们，都干活儿去吧！”

卡萨随着吵闹的男人们一起走出大厅时，特意回头又看了加姆一眼。即将走出门的加姆一脸阴郁，西姆则满脸红光、得意扬扬，这一幕深深烙在卡萨的脑海中，让他久久难以忘怀。

吉格罗的两个侄子

在王的使者到来后的两天里，众人有如暴风雨降临一般忙乱不堪。女人们卷好上等的编织品，把拉嘎用干净的布包好。男人们为了让自己氏族的马车在到达王都时不逊色于别的氏族，不遗余力地装点打扮着。

两天后，尤格罗率领着以他的儿子西姆为首的三十骑随从出发了。此时，加姆和父亲加格罗两人痛苦地目送着被族人的欢笑声簇拥着远去的华丽车队。

肋骨的伤势并没有什么大不了的，但因为不想见人，加姆这两天都把自己关在房间里。尽管他消沉到了极点，但这也是一个重新思考许多事情的契机。

加姆感到自己被叔叔尤格罗出卖了。因为他从小就很尊敬尤格罗，和尤格罗在一起的时间比跟父亲在一起的还要长，所以这次他被伤得格外深。

叔叔……说不定打算让西姆成为仪式的随从。

他第一次起了这样的疑心。也许是自己想得太多，但那天叔叔在大厅里所说的话，怎么想，都只能让人觉得他是在羞辱和贬低自己，好让大家相信他让自己的儿子西姆做他的随从是正确的。

听说要成为坎巴最高等级的武士“王之枪”，在少年时代就必须被自己氏族的“王之枪”选中，并作为随从参加绿霞石馈赠仪式。然后，还要经历在山之底的黑暗之中，和“王之枪”们比赛长枪武艺的考验。如果成为随从并从山之底生还回来，那么，在二十岁时，他就会得到“王之枪”的封号。

只有在作为随从参加仪式的少年在下一次仪式之前去世或者身体不允许再使枪的情况下，国王才会破例召集所有氏族的“王之枪”，重新选出这个氏族里新的“王之枪”。

十六七岁时作为随从参加仪式的人，二十年后，也就是三十六七岁时，将成为既有智慧又有胆量的壮年武士，并作为“王之枪”参加仪式——这是持续了很久的一种制度。

不过这一次，仪式间隔了三十五年之久，参加过上一次仪式的随从们也全都被吉格罗杀死了。因为这场惨剧，这个制度也不得不有所改变。因此，十年前，以成功讨伐吉格罗归来的尤格罗为中心，所有氏族里拥有族长直系血统的男人们在国王的面前举行了御前比武，选出了全新的“王之枪”成员。

本来刚好能在十六岁的时候参加仪式的加姆今年已经三十一岁。仔细想想，作为随从参加仪式的话，年纪未免也太大了。而住在王都里和妻子一起等着自己回去的长子加姆罗才刚满九岁，还不到能成为随从的年纪。

和自己相比，西姆十六岁——正好是成为随从的年纪。

加姆紧紧地咬住了牙。

说不定叔叔是想让我继承父亲大人的族长之位，然后让西姆成为“王之枪”。

如果是平常，不能成为“王之枪”，加姆会感到很遗憾，但因为能继承族长之位，他也可以很干脆地断了这个念头。但是，这次的仪式并非普通的仪式。

尤格罗叔叔酝酿着一个连父亲加格罗都不知道的天大的秘密，在这次仪式上，他们将会把那个秘密计划付诸实际行动。为了叔叔的计划，加姆像他的左右手一样拼命干到现在，可没想到事到如今，自己却被排除在外，这着实让他难以接受。

还有一个疑点让他感到心情沉重，心如刀割。

加姆根本就不知道多姆在枪尖涂了托佳露。在枪尖涂托佳露这样的手段，实在是卑劣得令人难以置信。是多姆擅作主张吗？如果是这样，多姆为什么会在知道可能伤及同伴的情况下扔出长枪呢？他……是不是觉得，只要能得手就管不了那么多了呢？

不会吧？也许……是自己想得太多了。

加姆否定了自己的想法。如果自己因为托佳露而死的话，那么他们打算不经正式审判就杀死那个女人的行径就会暴露。不管怎么说，叔叔应该不会想要自己的命呀。

不过，那女人使长枪的武艺，着实不可小觑！

老实说，就连和聚集在王城里的坎巴最高等级的长枪能手“王之枪”们比武时，加姆也没有见到过那样的动作。

“如果这是吉格罗传授给她的，那吉格罗还真是一个可怕的高手啊。”加姆突然想起以前父亲加格罗脱口而出的话。

当时，尤格罗正在宅邸前的广场上指导氏族里的武士们练习长枪。那时，父亲已经再也无法挥动长枪。看到表情阴郁的父亲，加姆非常难受。

尤格罗完全是一副满心欢喜而想要炫耀的样子，他将漂亮的长枪武艺展示给大家看。然后，加格罗简短快速地说道：

“无用的动作太多了……”

加姆没有回应，他以为父亲是在妒忌叔叔。但是，父亲的脸上，浮现出和妒忌不同的、若有所思的表情。

“吉格罗要比这家伙强多了。”父亲道。

加姆吓得心都快跳出来了。因为吉格罗这个名字在穆萨族人中间，是一个绝对不能提起的、有如禁忌般的东西，特别是一直为弟弟吉格罗的所作所为感到羞耻的父亲，更是从来不曾提起。加姆简直怀疑自己的耳朵是不是听错了。

“也许你不相信……我比尤格罗厉害多了。但吉格罗他……”

父亲用仅有的一只眼睛看着尤格罗的动作，仿佛喃喃自语般说道：

“他是个天才。大概，是百年一遇的天才也说不定……所以，绿霞石馈赠仪式举行的时候，父亲大人没有选择我这个长子，而是把吉格罗选作了随从。

“而那个家伙，丝毫没有辜负父亲大人的期望——年仅十六岁，只不过是一个随从的吉格罗竟然成了‘舞者’。”

“舞者”指的是在仪式的最后和索鲁交手的、坎巴最厉害的武士。

举行仪式的时候，所有的“王之枪”和随从首先要在“山之王”的宫殿前面的仪式场地上比赛武艺，其中最优秀的人成为“舞者”，再和“山之王”的家臣索鲁交手。

据说只有当“舞者”战胜索鲁以后，“山之王”才会打开最后一扇门，邀请坎巴王和“王之枪”以及随从们进入宫殿。这扇门的里面，是用这个世界上最美丽的宝石绿霞石建成的宫殿……

由年仅十六岁的随从担任“舞者”，这是前所未有的事。所以说，吉格罗是一个出类拔萃的长枪高手。

“但是，这身武艺却对氏族毫无好处，反而成了国家的祸害。”

父亲深深地叹了一口气，道：

“老实说，即使我去追捕吉格罗，也不一定能够战胜他。所以……”

父亲的声音压得更低了：

“我认为——吉格罗一定是遭到了尤格罗的暗算。”

那个时候，加姆觉得很不舒服，他觉得父亲是在妒忌立了功的弟弟，想贬低他。但是，现在回想起来，加姆产生了别的想法。在父亲口中被称作天才的吉格罗，把那个女人训练成那样的长枪高手的吉格罗，到底是一个什么样的男人？那个女人，在尤格罗和吉格罗战斗的时候，到底看到了什么？

加姆忽然心跳加快，心想：

如果那个女人看到的，是跟叔叔对世人所讲的那轰轰烈烈的胜利完全不一样的东西，就不难明白叔叔为什么就算在枪尖上涂毒也要杀死那个女人了。

加姆闭上眼，告诫自己要冷静：

或许……是自己想得太多了。可恶，只因为一次的不如意就产生这样的想法，我也是一个卑鄙的男人。

尤格罗叔叔确实平安地从吉格罗那里拿回了金环。

不管怎样，叔叔都不是那种卑鄙的人。

加姆摇了摇头。在枪尖上涂毒的做法，一点儿都不像叔叔的作风。

有可能是多姆自己那么做的。

加姆想，那一定是多姆自作主张吧。

他睁开眼，漫不经心地看着天花板上露出来的被烟熏得黑亮的粗横梁。

加姆曾经有好几次跟着尤格罗，到南边的新约格王国和桑加尔王国进行粮食采购的谈判。在坎巴，粮食的采购被视为国王最重要的工作，因此深得国王信任的尤格罗作为代表，一年一次地带着绿霞石造访南边各国，进行粮食采购的谈判。

连氏族族长的宅第也不过如此。

加姆看着露出横梁的天花板，在心中暗想。

新约格王国的大臣们的宅第是用光滑的原木建成的，墙上一般都挂着锦缎等编织物，商人们也都穿着华丽的丝绸衣服。在桑加尔王国，就算是在普通官员的家里，也能看到墙上挂着美得令人窒息的用夜光贝制成的壁画——这些场景都让人意识到各国富裕程度的不同。

不过，不论在哪个国家，平民百姓看起来都不是很富有，即便在新约格王国，尤其是亚库人居住的村庄，人们看上去也显得格外贫穷。但南边的这些国家，就算偶尔遭遇荒年，也很快会等来丰收之年。在新约格王国和桑加尔王国，武士是没有必要每年去国外打工挣钱的。

在坎巴，即使是武士阶层的男人，也几乎每年冬天都要外出打工。有时候，加姆都想就那样在新约格王国过上一辈子了。

坎巴是多山之国，能够作为耕地的地方非常少。北边是终年积雪的高山，南边的低洼地带有一小片针叶林，但是土质贫瘠，即使开垦，也种不出什么像样的农作物。

勉强能作为旱田耕种的，只有散布在“乡”中间的地势较高的那块地方。而就连这样的地方的土地，也会因为土壤会被大风刮走，而越来越贫瘠。所以，只能种植既耐寒又能在这样贫瘠的土地上结出果实的嘎夏一类的作物。

不过，值得庆幸的是，坎巴有着得天独厚的水资源。群山底下蕴藏着丰富的地下水，到处都有涌泉，一年四季从不缺水。如果没有这些水，常常遭受大风吹袭的中间的这些高地恐怕也是无法耕作的。

嘎夏和在岩山上也能够生存的山羊的羊奶——对这个贫穷的多山之国来说，能收获的产物只有这些了。

加姆长长地叹了一口气，心想：

国王和尤格罗叔叔决心要实施的那个计划，看来还是正确的。

这是一个连氏族的族长们都不知道的、极其机密的计划，是一个可以让坎巴天翻地覆的宏图伟略。

参加过三十五年前那场绿霞石馈赠仪式的“王之枪”们大都已经不在人世了。但是，像邕萨族的拉古大人那样还没有过世的老武士如果知道了这个计划，应该是会拼了性命也要阻止的吧。因此，这个计划，是不能跟那些对“山之王”怀有深深敬意的老一辈泄露半句的。

离仪式开始还有二十多天。

如果没被西姆取代，加姆也会作为尤格罗叔叔的随从，下到山之底的黑暗之中。那个时候，命运会站在坎巴王这边，还是“山之王”那边呢？

加姆闭上了眼。

为了抓捕那个逃走的女人，一队武士以岩山为中心展开了搜索。奇怪的是，女人的脚印在岩山的小洼地里突然消失了。三天过去了，没有任何人发现她的踪迹。

卡萨总觉得“乡”里和平常有点儿不太一样，闹哄哄的，他每天都过得十分沉重。

那天在从大厅回来的路上，卡萨质问父亲为什么没有遵守诺言为那个女人辩护，父亲只是说“那样才好”。

“你也加入大人的行列了，你要记牢——尤格罗大人今天所做的一切，都是出于不让族里掀起风波的政治判断。”

这个不用父亲讲卡萨也知道，可是……

这件事卡萨连对父母都不能讲，更何况是跟朋友。于是，他没有办法，只好向同样知道秘密的妹妹吉娜倾吐。在没有旁人的岩山上，卡萨把在大厅里发生的事情告诉了吉娜。吉娜听完，紧紧地皱起了眉头：

“怎么感觉好像是为了不让一个谎言暴露，不断地去撒新的谎来遮掩似的。”

“嗯，我也是这种感觉，真的好讨厌啊。而且这个谎言的导火索是我们，这让我更受不了。”

吉娜向前探了探身说：

“你说，我们这样一声不吭真的行吗？那个女人还救了我们呢，可我们违背了对她的承诺，害她遭到追捕，不是吗？”

“不过，那个人可是为了强盗吉格罗，打算报复尤格罗大人的坏人呀。所以她才潜入洞穴中……”

吉娜打断了要继续往下说的卡萨：

“哥，等等。这个是尤格罗大人的说辞吧？总之，如果是我的话，我首先会从自己看到的、感觉到的事情来判断。”

卡萨吃了一惊，目不转睛地看着妹妹。吉娜虽然才十二岁，但经常会像现在这样，说出一些让人吃惊的、有道理的话来。

“因为从别人那里听来的可能是谎话，所以暂且先把那些话放在一边。哥哥，你再回过头想想，那个人像是坏人吗？”

卡萨摇了摇头。

“对吧？而且，就算那个人像尤格罗大人所说的那样，是怀着那样的目的来的，她也并没有对遇到麻烦的我们见死不救，不是吗？如果她要做的事那么重要，她完全可以不管我们的惨叫。因为要是我们被索鲁吃掉的话，她的事情不就不会被人泄露了吗？

“那个人是怀着什么目的来坎巴的，我们暂且不说，但那个人冒死救了我们的事实是不会变的。”

卡萨用力地点点头，这么多天以来，心里头第一次舒畅了。他对吉娜说道：

“吉娜，你说得对，而且，还十分言之有理呢。”

吉娜羞涩地笑了，说：

“可是，就算如此，我们能做些什么呢？”

这时，“咻咿”一声，口哨的声音从近得吓人的地方传来，优优从岩石的背光处露出了脸说：

“卡萨，你这样可不行哦。在这种地方大声地讲这些事情，特别是在这种全是岩石的地方，声音是会传得很远的。对面那边就有搜查队的武士们在走动，被他们听到可就麻烦了。”

卡萨感到心里一紧，揪心般地不安起来。

“优优！我们的对话，你是从哪儿开始听的？”

优优举手跟吉娜打了个招呼，低声说道：

“全部。很抱歉偷听你们讲话，但我也是不得已的。”

卡萨一脸严肃地看着牧童少年说道：

“优优，是我们大意了，但这真的是非常机密的事。你一定不要跟别人说……对你的族人们也不要讲。”

优优挠了挠下巴，然后歪着头看着卡萨，问：

“喂，我说你们，真的感激这个人的救命之恩吗？”

卡萨的脸一下子涨得通红，说：

“当然……”

“那你们不会再做背叛她的事了吧？”

卡萨皱着眉头，目不转睛地盯着优优。

“我是绝对不会了。”吉娜回答道。

卡萨想了一会儿，小声说：

“只要这个人……不给穆萨族带来灾难。”

优优若有所思地一动不动地盯着卡萨的脸，随后，他耸了耸肩说：

“托托长老果然厉害。你俩的回答，和托托长老预想的一模一样。”

优优抬了抬下巴招呼两人：

“跟我来。动作尽量轻一点儿，不要发出声音。”

卡萨和吉娜对视了一眼，赶紧跟在速度极快的优优身后。优优带他们走的路，并不是他平常和卡萨他们一起走的山路，而是上下坡都很陡峭、在岩石间蜿蜒穿过的小路。这就是被称作“牧童道”的路吧。牧童们对岩山了如指掌，知道很多这样的连小径都算不上的路。

不久，三人来到一块巨大的岩石下。

“好了，到了。就是这里。”

虽然优优这么说，但卡萨和吉娜完全不知道这里是什么地方。这块巨大的岩石下，只有长满了刺的灌木丛。优优用“赶鹰杖”咚咚地敲了敲灌木丛旁的小岩石。

然后，惊人的事情发生了，岩石就像可以从里面推开一样，往这边倒了下来。优优的父亲多多从里面露出脸来，问:

“没有其他人吧？”

“没问题，我很小心。”

优优回答道。多多点了点头，看着卡萨他们。

“很好。卡萨先生、吉娜小姐，留心你们的脚下，请进来吧。”

多多缩回头后，卡萨坐到坑的边上，把脚伸了进去。多多抓住他的脚，用和他那矮小的身躯极不相称的大力气把卡萨抱了下去。很快，吉娜也以同样的方式被抱了下去。优优从外面合上了岩石。

“优优，你不下来吗？”

从回音听来，感觉这里要比想象中的还要宽敞。

“嗯，不下去了，得有人在外面把岩石合上。”

眼睛适应了黑暗以后，卡萨可以感觉到洞中微微地发亮。那是长在岩石下面的光藓，正散发着淡淡的光亮。

“来吧，吉娜小姐，牵着我的手。卡萨先生，你牵着吉娜小姐的手。”

三人牵好了手，多多领着两人开始缓慢地往前走。吉娜和多多不用弯腰便能前进，但卡萨的头有时会撞到岩石，所以得半蹲着前进。奇妙的是，他觉得有风轻轻地吹拂着自己的脸颊。

沿着一个巨大的岩石的底端往前走，刚往右一拐，眼前便豁然明亮起来。

卡萨和吉娜不由得屏住了呼吸。展现在眼前的，是十个大人也能轻松坐下的宽敞空间。整个空间由几块巨大的岩石架构而成，正面有一个人脑袋大小的细长洞口，耀眼的阳光从这里照射进来。因为有这个洞口，有风微微地吹进来，所以才不会让人觉得憋闷。

在这个像窗户一样的洞口旁，有一个人背靠着岩石坐着。虽然逆光，但等双眼适应以后，卡萨和吉娜就看出来这个人是谁了。

“噢。”

那个女人轻轻地举了举手，卡萨和吉娜呆若木鸡。

“啊，是你……”

卡萨的声音含糊不清，好像有什么东西卡在了喉咙里。吉娜惊慌失措地插嘴道：

“对不起！我们把你的事情跟父母讲了。本来是不打算说的，可绿霞石掉到我的领口里了，嗯，我猜可能是从索鲁那里掉出来的。所以……”

“等一下，等一下。”

吉娜突然被谁抓住了手，吓得跳了起来。刚刚一直没有注意到，原来托托长老坐在旁边。

“你声音太大了。那边有岩洞，声音会传出去的，说话小声点儿。”

吉娜和卡萨轮流讲述着自己违背诺言的原因。巴尔萨面带微笑，等到两人说完，点了点头，说：

“原来如此，发生过这样的事啊。反正我也说了谎，就算我们扯平了吧。”

卡萨和吉娜长长地舒了一口气，双腿不听使唤地直发抖。

“别戳在那儿，坐下来吧。”

托托长老嘭地拍了一下卡萨的屁股。两人在干燥的岩石上坐了下来。

“你们是卡萨和吉娜是吧。我重新介绍一下我自己。我叫巴尔萨，是邕萨族卡纳的女儿。”

稍微镇定下来的卡萨，终于看清楚了巴尔萨的脸。她皮肤被晒得黝黑，眼角已经有了细细的皱纹。不过，巴尔萨的脸上，最引人注目的还是她的那双眼睛，那双直直地盯着人看的眼睛炯炯有神。

“你……受伤了吗？”

注意到巴尔萨左肩缠着纱布，吉娜问道。在巴尔萨回答之前，托托长老插话了：

“是被涂了托佳露的枪尖蹭伤了。你们也知道的，我们在攻击鹫的时候会用托佳露，所以知道解毒的方法。”

“多亏了您，身体一点儿也没有麻痹的感觉了。这里真暖和，就算不生火，也可以睡得很香。还有美味的拉嘎和拉卡，让我的体力也恢复了。托托长老，实在是感激不尽。”

卡萨皱起眉头，问:

“不是坠马的时候受的伤吗？”

巴尔萨露出诧异的表情。

“坠马？我没有坠马。是那个大个子武士从后面扔过来的枪我没躲开……让你们看看我的伤口吧。”

巴尔萨揭开纱布，露出伤口。很明显是枪伤，而且因为中了毒，伤口周围都变成了紫色。

“竟然用毒……”

卡萨在口中喃喃自语。不过是要抓住巴尔萨把她带回来而已，多姆和加姆却在枪尖涂了毒？为什么？答案只有一个。

卡萨觉得一股战栗从心底涌了上来，尤格罗在那个大厅里说的话在他脑子里回荡着。那些话里，尤格罗大人到底掺杂了多少个谎言？就算这个人真有什么恶意的企图，为什么要在她被送到族长面前接受处罚之前就杀掉她？

“哥哥……”

吉娜的声音让卡萨回过神来。卡萨擦去额头上冒出的冷汗，一动不动地看着巴尔萨，问道:

“你为什么要回到坎巴来？”

巴尔萨沉默了一会儿，然后叹了口气说道:

“我之所以要回到坎巴来，是为了埋葬我心中的亡灵。”

巴尔萨淡淡地笑了：

“我六岁的时候被卷入一个阴谋，不得不逃离故乡，是父亲的好友带着我逃走的。我穿过和你们相遇的那个洞穴，逃到了新约格王国，一逃就是二十五年。虽然养育我的人，因为突发的疾病已经去世了，但我总觉得他是因为我而牺牲了自己的人生。这种念头，就算过了这么多年也没有消失。

“于是，我打算不再逃避过去的创伤，而是好好地去回顾它一次。出于这样一个很私人的理由，我回到了这个国家，想再一次穿过那个在六岁的某一天、一边哭着一边被牵着穿过的洞穴。就是抱着这样的心情通过那个洞穴的时候，我很偶然地撞见了你们。”

卡萨一头雾水，皱起眉头，说：

“那……那个，养育你的人是吉格罗？”

巴尔萨吃惊地睁大双眼，问道：

“你怎么会知道？”

“尤格罗大人把氏族里的武士们召集起来的时候跟大家说的。他说你是因为吉格罗被尤格罗大人打败的事情怀恨在心，为了找尤格罗大人报仇才回到这里来的。”

巴尔萨的脸上浮现出豁然开朗的表情。

唉……还真是伤脑筋啊。

巴尔萨在心中默想。没想到尤格罗连对卡萨这样的少年，都用这种方式来讲述吉格罗和她之间的关系。她原本以为尤格罗会隐瞒到底的，看样子，尤格罗是一个比她所想的还要聪明的男人。他十分善于编造谎言，并且可以很轻易地说服别人。

不过，巴尔萨并没有打算要在这里把一切都告诉卡萨和吉娜。因为卡萨和吉娜是要在穆萨族的社会中继续生活下去的人，如果让纯洁的他们知道了这些多余的事，他们在自己的氏族里会难以生存下去的。

巴尔萨原本就没打算要把他们卷进来。最初她是打算拜托某个牧童拿着自己写的信去交给族长加格罗，就说是在岩山上捡到的。

但是，托托长老反对她的这个计划。他说氏族里的男人们全都把巴尔萨当成仇视穆萨族的狡猾的女人，就算是找人送信过去，也只会被当作陷阱。

托托说，与其找别人，还不如让卡萨去办这件事。巴尔萨救了他们兄妹，他们应该会感激巴尔萨的救命之恩的。而且，卡萨和吉娜虽然年纪还小，但都是非常聪明的孩子。他们还是族长妹妹的孩子，应该知道族长家里谁最可信。所以，要转交信件的话，最好还是先让卡萨知道一些内情，然后交给他来办。

现在他已经知道了吉格罗的事，我该讲到什么程度才好呢？

卡萨看着沉默的、好像正在思考着什么的巴尔萨的脸，突然有种已经受够了的感觉。尤格罗大人和这个人之间似乎有着什么天大的秘密，而自己就像一个被排除在大人讲话之外的小孩子一般，被排除在这个秘密之外，又被谎言耍得团团转。卡萨说道：

“巴尔萨小姐！我已经受够了自己要说谎，也受够了要听别人说谎。所以，请你告诉我真相。你真的是为了要向尤格罗大人报仇，要让他沦为众人的笑柄才来到这里的吗？”

巴尔萨目不转睛地盯了卡萨好一会儿，随后点了点头说：

“是啊。我来的时候并没有想到尤格罗的事情，不过现在，我确实想把他对我做的事情双倍奉还给他。但是……”

巴尔萨严肃地看着卡萨说：

“我这么做并不是因为尤格罗杀了吉格罗。”

“那……是为什么？”

巴尔萨叹了口气，摇了摇头说：

“这个，我不打算告诉你。”

卡萨皱起眉头，说道：

“这样的话，我不得不向族长报告你在这里。”

吉娜吃惊地看着哥哥：

“哥哥？！”

“我不能放着会给氏族带来灾难的人不管——我在被授予短剑的时候，就发过誓要为氏族尽心竭力。”

少年圆圆的脸上浮现出坚毅的表情。巴尔萨微笑道：

“我明白了。你就照你的想法去做吧。但是，你得等到我体力恢复，不给牧童们添麻烦的时候再行动，怎么样？”

卡萨感觉自己狠狠刺出去的长枪刺了个空。

“哥哥！我可是会支持她到底的！你去告密的时候，我也会想尽办法阻止你。”

“吉娜，你不要多嘴！”

“我才没有多嘴，我要用自己的命来报答救命之恩！”

“混账！你以为我喜欢去告密吗？如果她好好跟我们解释，如果有可以让人信服的理由，那我拼了命也会支持她。”

“喂——我说过要小声一点儿的吧？”

托托长老嘭嘭地敲了敲两个人的头。

“我说，卡萨小子，人家其实是为你们着想啊。她不想把你们这些无辜的人卷进来，不想给你们带来不幸啊。

“唉，反正接下来一两天里这个人也不能随心所欲地行动，你们也别急，慢慢地去了解，然后再下判断也不迟。”

卡萨长舒一口气，点了点头。

兄妹俩走下岩山、回到“乡”里时，已经是日落时分了。吉娜大叫着来不及准备晚饭了，急匆匆地往家跑。卡萨却注意到一个男人的身影，他靠在冬天圈羊用的围栏旁，茫然地看着晚霞。于是，卡萨停下脚步。

感觉到卡萨走了过来，加姆回过头来。

“喂。”

卡萨点头鞠躬。加姆面带微笑地说：

“我刚刚去拜访了姑母大人。能在这里碰到你真好，我是来找你的。”

卡萨吃了一惊，抬头看着表哥。说起来，加姆是个沉默寡言的人，他的脸轮廓分明，眉毛浓密，很有武士风范。不过，卡萨却知道他刚毅的外表下有着一颗温柔的心。因为小时候，他就经常和卡萨一起玩。

但是，自从加姆和他的家人搬到王都居住以后，这几年，他们几乎都没有说过什么话。

“你是来找我的？”

“嗯。”

加姆有点儿不好意思，表情尴尬。夕阳的余晖让加姆侧脸的轮廓显得更加分明。

“明天我就要去王都了。出发之前，我有话想对你说。因为……那个，先前在大厅的时候，好像只有你在替我担心。”

卡萨吃了一惊，看着加姆：

“你的伤……好了吗？”

“嗯，本来就不是什么大不了的伤。”

卡萨一边看着表哥的侧脸，一边想，加姆真的做出了在枪尖涂毒这样卑鄙的事情吗？他认识的加姆可是最讨厌歪门邪道的……可是，他也不能直接问。

于是，卡萨咕哝道：

“谢谢……你特意来看我。”

加姆突然笑了，接着表情又严肃了起来，低声说道：

“我说，卡萨，你喜欢坎巴吗？”

卡萨纳闷儿地抬头看着表哥：

“嗯……为什么问这个？”

加姆眺望着夕阳沉下时远处低洼地带的森林：

“我去过很多国家，所以非常清楚坎巴是一个多么贫穷的国家。可即便如此，在我眼里这个国家还是如此美丽。”

卡萨望着缓缓起伏的丘陵，还有对面的悬崖，以及悬崖的谷底绵延的针叶林。

“再过一段时间，”加姆低声说道，“就要举行绿霞石馈赠仪式。坎巴的命运，全系在这场仪式上。”

加姆望着森林，继续说道：

“如果我没有从山之底回来，你就当我是为了这美丽的坎巴而死的吧。还有，替我照看我的儿子加姆罗。”

卡萨吃惊地看着表哥：

“不……有人会在仪式上丧命吗？”

加姆苦笑着看了看卡萨。卡萨突然感觉到，加姆的苦笑深处有着一丝畏惧。

“我是说万一，因为不知道在山之底到底会发生什么事。”

加姆把手放在卡萨肩上，摇了他一下：

“抱歉……跟你讲这么无聊的事。再见了。”

卡萨看着在暮色中逐渐远去的加姆的背影，一动不动地站立着。

刚刚那些话是什么意思？就好像是遗言一样。

卡萨目送着在黑暗中消失的加姆的身影，不禁打了个寒战。

牧童的秘密

巴尔萨在被牧童们藏匿起来的这段日子里，了解到这群被坎巴人叫作牧童的小人，其实拥有许多不可思议的习惯。

比如，他们把口哨当作语言来使用。巴尔萨曾经听过，他们在寻找迷路的山羊时，会和远处岩山上的同伴们互相吹起非常复杂的口哨。

“这是在说什么啊？”

不用去放牧，整天看守火堆的托托长老把牛基从嘴里拿了出来，说道：

“这是在说山羊的位置在哪里，还有要走哪条路下去的意思。”

“连这么复杂的对话都可以用口哨声表达吗？”

托托长老微笑着说：

“我们吹口哨，就跟说话一样。”

卡萨和吉娜几乎每天都会上山。每当这时，巴尔萨就能听到牧童们的口哨声像暗号一样到处响起。这一定是他们在确认卡萨他们有没有被跟踪吧！

虽然一开始，卡萨面对巴尔萨十分拘谨，但没过几天他们就逐渐亲近起来。

有一天，卡萨来的时候，巴尔萨正在岩石间的草地上练习长枪。卡萨看着巴尔萨的动作入了迷，一动也不动。

巴尔萨舞枪的动作很美，卡萨有生以来还是第一次看到如此漂亮的动作。虽然从小就开始练习长枪，也看过很多次比武，可他却从未见过如此洗练、犹如星光闪烁一般迅捷的动作。

巴尔萨收起长枪，回头看着卡萨。她擦了擦汗，苦笑道：

"真头疼啊，身体太不灵便了。这么会儿工夫就出了这么多汗，真是没辙了。"

然后，像是突然想起什么似的，巴尔萨砰的一下把长枪扔向了卡萨。卡萨慌忙接住长枪，巴尔萨轻轻地挑了挑眉头。

"你也露一手让我看看啊。我想看看，吉格罗的外甥是怎么使枪的。"

卡萨脸颊通红。他试着动了动手中的长枪，大吃一惊。巴尔萨的长枪拿在手里光滑顺溜，可能是因为枪尖和枪柄的重量达到恰到好处的平衡了吧。

卡萨调整好呼吸，呼地在头上挥了一下以后，摆好了架势，开始演练起刺、扫、挡的动作。

"哎哟……"

巴尔萨有点儿诧异。第一次见到卡萨的时候，她还以为卡萨只不过是个懦弱的少年。但卡萨的长枪使得十分果断顺畅，连巴尔萨也被他使长枪时的那种愉悦情绪所感染了。巴尔萨心想：

这个孩子，必将成为一个长枪高手。

如果吉格罗还活着——如果没有发生那些事，他一直生活在坎巴的话——他一定可以让这个孩子更好地发挥自己的长枪天赋。

卡萨演练完毕后，巴尔萨拍手鼓掌，称赞道：

“好本事。总有一天，你定会成为一个长枪高手。”

卡萨的目光一下子充满了欣喜。但很快，又像想起什么似的，欣喜的目光立即消失了，他沮丧地说：

“就算变成长枪高手又能怎样？我的一生，注定要耗在放牧山羊上。谁让我是旁系的武士呢。”

巴尔萨从卡萨那里接过了长枪，说道：

“你难道没有想过，只有在迫不得已的情况下才去使用长枪，这也许是一件很幸福的事吗？”

卡萨皱了皱眉，说：

“幸福？”

“是啊。我一次又一次地违背本心地挥动这象征着残酷的长枪，才苟活到现在。如果可以不用这么做，该有多幸福啊！”

巴尔萨呼地挥了一下长枪说：

“哎呀，这事先不管它了。再这样下去，我的身体一定会变得非常迟钝。怎么样，你要不要来当我练习的对手？”

卡萨的脸上再次缓缓浮现出了笑容。

这段时间，巴尔萨一边和吉娜聊“乡”里的事，一边和卡萨练武，过着平静的生活。她感觉到自己渐渐把对尤格罗的怀疑和憎恨埋藏到了心底。

冬天越来越近，再过几天，也许就会下第一场雪。初雪一下，牧童们就会赶着山羊下山，回到“乡”里。雪季的岩山不是人能住下去的地方。

趁着下雪，回新约格王国去吧！

巴尔萨看着阴沉沉的天空，在心中呢喃道。如果回新约格王国去，会有人热情地迎接她——而找尤格罗报仇，到底会改变些什么呢？

这几天里，卡萨的长枪技法进步快得让人吃惊。现在卡萨正是武艺突飞猛进的年纪，如果能把从吉格罗那里学到的武艺，传授给他的外甥卡萨，哪怕只是一点点……即使只能做到这一点，回到坎巴来也算是不虚此行了吧！

如果一直这样下去，等到下了第一场雪的时候，巴尔萨或许就会离开坎巴，再也不回来了。但命运的织女，已经在这段平静的日子里，织下了不同颜色的丝线。

突然，尖厉的口哨声响起，撕裂了空无一物的夜空。巴尔萨惊醒过来，从岩屋的睡铺上撑起身来。黑暗中，她隐约看见睡在对面的托托长老忽地坐了起来。

托托长老的身影，散发着平常所没有的紧张感。

“是……追兵吗？”

“不是。好像……发生了什么比这个更严重的事情。”

不久，似乎有人进了岩屋。当这个小小的人影出现在黑暗之中时，巴尔萨大吃一惊。这个人影虽然是牧童模样，但眼睛却像野兽一样发出银白色的光。他每移动一下，黑暗中都会留下他发出的余光。

他完全没有要坐下来的意思，快速地跟托托长老说着什么。让巴尔萨吃惊的是，他们说的话并不是牧童们平常使用的坎巴语。托托长老说了什么以后，牧童又开始指手画脚地解释起来，说了很久。

托托长老点了点头，对牧童下了几个指示后，牧童鞠了一躬回去了。

“发生……什么事了吗？”

托托长老没有回答，他好像一块石头一样，在黑暗中一动不动。

不久，托托长老似乎是转向了这边。在从岩窗投射进来的微弱的光亮下，巴尔萨感觉到托托长老的眼睛正注视着自己：

“巴尔萨小姐，你能听我说句话吗？”

“请讲。”

“你对坎巴有没有忠诚可言？”

“你是指对我自己的氏族邕萨族吗？”

“可以这么说吧。”

“忠诚……我完全没有这样的感觉。想念故乡的心情，可能多少还是有一点儿的吧。但是，像卡萨先前表现出来的那种对氏族的忠诚，我是完全没有的。”

托托长老点了点头说：

“你说过你是替人做保镖谋生的对吧？也就是拿人报酬保护人的

工作吧？”

巴尔萨一点头，托托长老使劲地把身子往前探，说道：

“可以请你做一次保镖吗？”

巴尔萨有些不知所措，把头往后缩了缩，问道：

“啊？到底是谁保护谁啊？”

“用我们的话说，就是解开缠在一起的山羊毛的毛球——情况复杂得很啊。说来话长，但简而言之，接下来，我要打破一个规定。因为要是一味循规蹈矩，可能会失去所有，最后得不偿失。

“巴尔萨小姐，请你再在这里休息一个小时。然后我叫你起来的时候，你穿上卡奴和长靴，我带你去我们集会的地方。”

巴尔萨有种危险的预感，觉得自己仿佛会被卷入旋涡之中。然而，牧童们对她有救命之恩，不管发生什么事，她都无法对牧童们遇到的危险坐视不管。

感觉到被人轻轻地摇了摇，卡萨忽然醒了过来。

“哥哥……”

吉娜在他耳边低声叫道。因为寒冷，她的牙齿冻得咯咯直响。

“快起来，纳纳在外面等着。”

“纳纳？”

卡萨迷迷糊糊地反问道。纳纳是优优的母亲。

“刚才，我的房间里飞进来一块石头，把我给弄醒了。醒来发现原来是纳纳，她在外面跟我说‘快去把你哥哥叫来’，还说要穿好卡奴去。”吉娜说道。

卡萨揉了揉眼睛，慌忙从床下拿出自己的长靴。一离开被窝，冰冷的寒气就向他袭来。卡萨哆嗦着准备出门。

“纳纳说我不可以去。哥哥，巴尔萨是不是出了什么事啊？”

“谁知道呢？总之，我去看看。你赶快回床上去，免得感冒。”

卡萨感觉到吉娜不安的目光，于是轻轻地拍了拍她的肩膀说：

“喂，让你回去。没事的……不管发生什么事，我都会和巴尔萨小姐站在一起的。”

吉娜的肩放松下来，卡萨知道她松了一口气。

卡萨从窗口放下绳子，人刚下到地上，纳纳就忽地跑到他跟前。卡萨看到纳纳的脸，吓了一跳，因为纳纳的眼睛正散发着银白色的光。

“卡萨先生，托托长老找你过去。请和我一起去岩山。”

“现在去岩山？”

卡萨吃惊地反问道。从这里到岩山，白天也要花一个半小时。何况在黑夜里，几乎是不可能爬得上去的。

“不用担心，有我带路。快，咱们走。”

“等一下，我去取火把……”

“不能拿火把，会被人发现的。放心，我牵着你走。”

纳纳的身高大概只到卡萨的肚脐处，但手脚却快得惊人。卡萨被纳纳牵着，开始在黑暗中跑起来。

巴尔萨熟睡了大概一个小时，就跟着托托长老到了外面。虽然她的夜视能力极强，但在没有月光、只有星光的夜幕笼罩下，要爬上岩石还是非常费劲。巴尔萨不断被生长在岩石间的灌木丛挂住，但托托长老却宛如在白昼中前行，毫不费力。巴尔萨紧紧地跟在他后面。

突然，就在巴尔萨觉得托托长老的身影消失在岩石间的时候，从岩石里传来了托托长老的声音：

“从这里起是一段很长的下坡路，下来的时候小心不要摔了。”

那是一个卡在两块岩石间的、勉勉强强能让巴尔萨钻过去的缝隙。如果是成年男子，想必一定没有办法钻过去。这个缝隙无限地往下延伸着，看不到尽头。

巴尔萨半蹲着往下走了很长时间，终于，她觉得自己的脚踩上了一片平坦的草地。她使劲弯下腰钻过岩石，突然来到了一个开阔的空间。

这是一个奇妙的地方。周围完全被高耸的巨岩围绕着，中间是一片草地。西边岩石的下面，可以看见一个非常小的光亮处。托托长老招手让巴尔萨过去，巴尔萨双脚踏上了草地。

一踏上草地，巴尔萨吃了一惊，顿时停下脚步。她感觉到有其他人在，并且不是一两个，而是一大群。她环顾四周，却并没有发现人影，只有巨石黑魆魆地耸立在黑暗之中。

“到火炉这边来。这里对你来说可能太冷，所以我生了火。”

用石头堆起来的简易火炉里，塞满了干燥的山羊粪，温暖的火焰晃动着。巴尔萨在火炉边坐下，用卡奴紧紧地裹住了身体。

“好了，我要告诉你一个坎巴的秘密。”

黑暗中传来托托长老平静的声音。在这个地方，可能是地形所致，回声听起来就像是沿着岩壁在往上飘。

“在母亲山脉尤萨群山里，存在着两个国家。坎巴王统治的地上之国和‘山之王’统治的山底之国。而我们原本是山底之国的国民。”

巴尔萨轻轻地吸了一口气。托托长老忽然张开双手给她看，说道：

“我们原本是往来于地下和地上的人，所以我们的身体才会长得这么小，还知道在黑暗中视物的方法。”

托托长老站了起来，绕着火炉边走到岩石和草地的交界处，不知道在那里做了些什么，随后拿着一片滴着水的小叶子走了回来。

“请闭上眼睛。”

巴尔萨闭上眼，忽然感觉到冰凉的叶子拂过她的眼皮。

“好了，睁开眼吧。”

巴尔萨睁开眼后，不由得屏住了呼吸。世界完全变了，仿佛是处在月圆之夜一般，在皎洁的月光的照耀下，所有景色都散发着醒目的银白色光芒，就连岩石上的凹洞也能看得一清二楚。

接着，巴尔萨看到了在周围环绕着的高耸巨石的凹洞里俯视着这边的牧童们的身影——与其说是人，不如说看起来更像是蹲坐在兀立的岩石上的鸟。

“这样的景色……我以前也看见过。”

巴尔萨低声说道：

“我中了托佳露毒，看到提提·兰的时候，周围的景色看起来就像这样散发着很奇异的光。”

“没错，这就是托佳露的叶子。把好几片这种叶子放在一起煮，就会变成剧毒。但是像这样稍微在水里浸一下，出来的水滴就没有毒。

“我们以前就算不用这样的东西，在黑暗中视力也一样很好。可随着生活在阳光下的时间变长，我们的眼睛就慢慢失去了夜视的能力。

“提提·兰他们，是现在也生活在洞穴中的山之底的国民。和我们相反，他们因为惧怕白天刺眼的光线，所以不能在外面生活。”

托托长老在火炉边坐了下来。巴尔萨眯缝起眼睛。火焰的光显得异常刺眼，让她无法直视。

“不知道从什么时候开始，我们逐渐地就在地上生活了下来。那可是很久很久以前的事了。

“以前，贫穷的坎巴人经常会在河里捡到宝石，所以他们认为地底下一定有座宝石山，便攻进地底下。但是，山之底是和地上完全不同的世界，是一个黑暗的世界。传说很多坎巴人死在了黑暗之底，他们的鲜血染红了地下水。

“只有极少数心地纯净的人在黑暗之底幸存下来。这些坎巴人在地底看到了‘山之王’，认识到自己究竟是在和怎样的人为敌。于是，他们洗心革面，向‘山之王’赔礼道歉。

“‘山之王’原谅了他们，并决定每数十年就把绿霞石赠送给这些贫瘠土地上的兄弟。坎巴人非常感激，发誓在接受绿霞石时，要向‘山之王’毫无保留地展示自己的内心。这就是绿霞石馈赠仪式的开端。

“我们的祖先原本居住在靠近地面的洞穴，而且向来敬重居住在山之底的‘山之王’。只不过我们让坎巴人看到的，仅仅是在岩山上放牧山羊的牧童形象而已。我们一直对自己是‘山之王’臣民的身份保密，并监视着坎巴人，因为坎巴人比我们要急躁和贪婪得多。我们一直认为，或许不知什么时候他们又会违背对‘山之王’许下的诺言，去夺取沉睡在山之底的宝石，用血玷污地下的世界……”

托托长老忽然笑了笑。

“不过，经历了漫长得令人惊讶的岁月，在和坎巴人一起生活的过程中，我们也逐渐对坎巴人产生了感情。现在，我们把坎巴人当作朋友一样看待。他们虽然又愚蠢又急躁，却是重情义且和善的民族。对于他们白天的生活，我们从不插嘴。但是，就像山羊在洞穴中迷路一样，如果他们对山之底怀有愚蠢的热情，我们就肩负着去阻止他们的使命。”

托托长老说了太多的秘密，让巴尔萨什么也说不出来，只是呆呆地看着他。这时，托托长老“扑哧”一声笑了。

“坎巴人里，知道这个秘密的有好几个人，他们都发自内心地敬重我们……抚养你长大的养父吉格罗也是其中一位。”

“嗯？”

“因为吉格罗是一位优秀的‘舞者’。”

“‘舞者’？”

“‘舞者’就是在山之底和索鲁交手，比试‘枪之舞’的人。即使是在使长枪的能手里，也只有最优秀的才能成为‘舞者’。

“在举行绿霞石馈赠仪式的时候，从各个氏族挑选出来的最厉害的长枪手，会作为坎巴‘王之枪’的随从，和他们一起下到山之底。最后一道门只有他们里面最厉害的人才可以打开。他们会在山之底比武，胜出的人会和看守最后一道门的索鲁交手，并比试‘枪之舞’。这时候，如果得到索鲁的认可，这扇门就会在这位长枪手面前开启。

“而且，下到山之底的坎巴臣民们会看到门里的‘山之王’的真面目。那个时候，他们也会知道我们这些小小臣民的真实身份。”

托托长老叹了一口气说：

“从吉格罗出生时，我就认识他了。吉格罗的长枪武艺从小就出类拔萃——他是一个天生的长枪高手。他虽然是一个不太会把自己的感情表露在外的少年，但心地正直、勇敢沉着。所以，吉格罗在年仅十六岁的时候，尽管还不是‘王之枪’，只是一个随从，却打败了其他的长枪手成为‘舞者’，我那时就觉得这是理所当然的。可是……”

托托长老目不转睛地盯着巴尔萨：

“那身本领，却成了坎巴的灾难。”

“那是因为……”

巴尔萨刚一开口，托托长老便举起手打断了她：

“我知道，那是为了要保住你的性命而做出的选择，此外别无他法。但尽管如此，吉格罗带来了深重的灾难，这个事实是不会改变的。”

托托长老一动不动地看着巴尔萨：

“尤格罗击败吉格罗回来的时候，说自己被吉格罗选为下一任‘王之枪’。虽然击败吉格罗是个谎言，但被选为‘王之枪’这个是真的吧？”

巴尔萨耸了耸肩：

“谁知道？我只知道，两人深夜里一直在练习长枪，还有就是分手的时候，吉格罗把套在长枪上的金环交给了尤格罗。”

托托长老点了点头：

“吉格罗把担任‘舞者’时自己持有的金环交给尤格罗，这寄托了他对尤格罗成为下一任‘舞者’的期待……吉格罗给坎巴带来了太多的不幸，他是灾难的罪魁祸首。”

“这话是什么意思？”

托托长老用他那闪闪发亮的眼睛看着巴尔萨：

“你以为吉格罗杀死了他的朋友，那是因为吉格罗只能这样对你讲。曾经到过山之底的人，一辈子都不可以把在山之底看到的事情说出去，大家都受到这个无形规定的束缚。

“但实际上，吉格罗还做了一件更可怕的事情。”

托托长老润了润嘴唇，说道：

“你听好了，我告诉你一个隐藏在仪式中的秘密。虽然一直说只让坎巴最厉害的长枪手参加仪式，但为什么那些只有十六七岁的少年会作为随从参加仪式呢？你自己好好想想这个问题。

“迄今为止的仪式，几乎都是二十年举行一次。也就是说，如果不是在二十五岁以前就作为‘王之枪’或者随从参加过仪式的人，是无法参加第二次仪式的。因为对长枪手来说，四十五岁这个年龄可能算是极限了吧。

“第一代‘王之枪’们深知绿霞石馈赠仪式的困难和可怕之处，为了避免所有人都失败，总算想出一个让有过一次仪式参加经历的人加入下一次仪式的办法。这就是随从制度，让九个有可能参加下一次仪式的年轻人先参加一次仪式。”

托托长老的目光变得更加锐利：

“你明白我刚刚说的话的意思了吧？

“被吉格罗杀掉的年轻人，都是在三十五年前的那场仪式中，作为‘王之枪’或者‘王之枪’的随从下到山之底的人，而且他们是在吉格罗逃走的时候，能够成为追捕者的年轻人……也就是说，他杀掉了所有可能在下一次仪式上成为‘舞者’的年轻人。”

巴尔萨感觉到一股凉意从脖子后直达头顶。

“那个罗格萨姆王是一个可怕的家伙。那家伙不仅弑兄篡位，还找到了一个好借口，可以把肩负各族未来的顶尖青年一口气杀光……然后，吉格罗就被拿来当作棋子。”托托长老继续说道。

巴尔萨感到一阵寒意弥漫到了全身。说吉格罗偷走了所有氏族的金环，这个罗格萨姆的谎言背后，竟然有着这样一个可怕而巧妙的陷阱……于是，吉格罗就这样替罗格萨姆彻底实现了他的愿望。

“这样一来，各个氏族的力量就被削弱，国王的权力得以最大化——这就是罗格萨姆的企图吧？”巴尔萨问。

托托长老摇了摇头说：

“但是，罗格萨姆并不知道最重要的事情是什么。那个男人并没有经历过绿霞石馈赠仪式。因为上一次的仪式，作为王的随从下到山之底的是他的哥哥纳格，所以那个家伙不知道把未来的‘舞者’候补赶尽杀绝是一件多么可怕的事。”

托托长老忽地把脸凑近巴尔萨，说道：

“现在，坎巴正面临着灭亡的危机。坎巴王和尤格罗他们正在策划一个愚蠢至极的计划，这几年，我的同伴们已经隐约觉察到他们的行动了。而且今晚，我们住在王都的岩山上的同伴们带来了消息，我们一直以来担心的事情变成了现实。因为我是所有牧童里年纪最大的长老，所以任何消息都会先通知我，并由我来做最后的判断。我已经来日不多了，在我的有生之年，真是不希望收到这样的消息啊。”

托托长老深深地吸了一口气，又缓缓吐出了一句话：

“他们……打算在今年的仪式上，当最后一道门开启的刹那，带领数百个士兵攻进‘山之王’的宫殿。”

托托长老的眼里透出难以言喻的目光——交织着深切的悲哀和愤怒的目光。

“唉……要是吉格罗没有把那些年轻人都杀了该多好。就算国王再愚蠢，只要‘王之枪’是一群可靠、优秀的人，这个愚蠢的计划根本就没有产生的可能。

“要征服山之底，希望绿霞石能够取之不尽——他们没有一个人知道，这是多么愚蠢的幻想啊……他们甚至没有一个人曾经到过那个举行仪式的黑暗之底去。”

托托长老用他那闪闪发光的眼睛看着巴尔萨：

“仪式场的黑暗，可以看穿人心——对‘山之王’心怀敌意的‘舞者’，立即就会被索鲁杀死。不管长枪使得多么好，只要是索鲁要杀的人，就没有一个逃得掉的。就算让成千的士兵埋伏在山之底，想要赢，也是不可能的。”

巴尔萨忽然想起那被令人难以置信的速度横切掉的火把断面，感觉到阵阵寒意袭来。

托托长老把牙齿咬得更紧了，他从齿缝间勉强发出声来：

“当仪式场的黑暗里充满了对‘山之王’的敌意时，坎巴这个国家就会灭亡。如果‘舞者’被索鲁杀掉，那么最后一道门是不会开启的。也就是说，坎巴得不到绿霞石。而得不到绿霞石，也就意味着没有粮食能流入坎巴来，这样一来，成千上万的坎巴人就会饿死。”

黑暗中死一般地寂静，静得连人的呼吸声都听得见。

仿佛是想要推开这厚重的沉默一般，巴尔萨活动了一下身体，问道：

“所以……你想让我做什么？”

托托长老睁开了眼，说：

“我希望你能保护卡萨。”

“你……说什么？”

巴尔萨吃惊地反问道，因为她完全不知道这些话和卡萨有什么联系。托托长老向前探出身子，说道：

“听好了，救坎巴唯一的办法，就是要在索鲁现身于仪式场上之前，说服国王和‘王之枪’们停止他们的计划。”

“你是说……让卡萨来做这件事？不可能吧。你倒是说说怎么让卡萨去说服国王他们。”

托托长老焦急地说道：

“你先安静地听我把话讲完。老实说，我对这个办法也没有十分的把握，但思来想去，也只想到了这个办法。

“如果有更多经历过上一次仪式的人幸存下来，我就不会用这个办法了。因为经历过仪式的人会很认真地倾听我们牧童讲的话，最重要的是，他们非常清楚如果在仪式场上对‘山之王’心怀敌意的话会发生什么。所以，他们一定会很乐意地去尽力帮忙说服国王他们。”

托托长老的眼睛闪闪发光：

“但是，他们已经死了。没有被吉格罗杀死的人，也在这三十五年间一个接一个地死了。现在还活着的，只有两个人，一位是邕萨族的拉古，一位是穆托族的弄萨。当然，如果能拜托他俩去说服国王他们是最好不过的，可他俩已经是连站都站不稳的老人了。而且，不管是从邕萨还是穆托，骑马到仪式场都需要十天时间。”

托托长老咚咚地敲着地面：

“不过我们知道这地底下的道路。如果走这条路的话，只需要四天就可以到达仪式场。只是，我们这些小人走起来毫不费力的路，对坎巴人来说，会因太过狭窄而无法通过。”

巴尔萨皱了皱眉，因为她明白托托长老为什么要选卡萨了。

“没错，正如你所想，卡萨的身材矮小。你也一样，跟高大的男人相比，你的身材也小了很多。如果是你们俩的话，应该有办法走这条路赶上仪式的举行。

“邕萨族的拉古是参加过前一次仪式的武士，所有氏族的人都很敬重他，他的话应该会有人听。如果让卡萨带着拉古的信去仪式场……”

“别开玩笑了！”巴尔萨脱口而出。

“单凭这个，就能让国王和尤格罗他们轻易地放弃已经在进行中的计划吗？！一旦被抓，就全完了！那孩子还只有十五岁，让他做这么危险的事……”

“正因如此，我才拜托你保护他。好在仪式场里非常黑暗，如果他们无论如何都不肯改变计划的话，你就带着那个孩子逃走吧。”

巴尔萨瞪着托托长老，托托长老也直视着巴尔萨：

“这就算是没有多少胜算的冒险，也是唯一救坎巴的办法了。你能试试吗？”

托托长老忽地凑近巴尔萨的脸：

“巴尔萨小姐，得到曾作为‘舞者’的吉格罗所有真传的长枪手，你说你回到这个国家来的时候，索鲁从山之底现身，和你共舞了‘枪之舞’。这样的事情，过去从未有过。之后，你又被提提·兰所救，来到了我们的身边。”

托托长老笑了：

“这就是所谓的命运吧。吉格罗被选为‘舞者’，却又背叛了‘山之王'，给故乡带来了灾难。他杀死了众多长枪手，可又念及兄弟之情和族长血脉，将金环交给了尤格罗。他的灵魂，一定是死了也抱恨黄泉。"

巴尔萨咬紧了牙。吉格罗死之前所说的话，在她耳边回响起来：

"我会沉入母亲山脉尤萨的群山下，自己的罪自己赎。"

"我说，巴尔萨小姐，这就是命运呀。你被这样的吉格罗锤炼出来，如果能为坎巴赌上性命的话……"

"别……开玩笑了。"

巴尔萨把牙咬得咯吱咯吱响，狠狠地说道：

"这个国家过去给我的是有如地狱般的日子。吉格罗带来了灾难？到底是谁让事情变成这样的？！

"我现在也没觉得吉格罗做错了，他只是做了一个人力所能及的事。如果给我同样的人生，我也一定会做和吉格罗一样的事情。

"请不要把那些日子、那些痛苦，轻易地用'命运'这种词语来打发掉！"

托托长老好像脸上挨了一拳似的，不由得瑟缩了一下。

巴尔萨深深地吸了一口气，努力让自己平静下来，之后低声说道：

"如果……我真要赌上性命的话，那也不是为了坎巴，而是为了因这个国家尝尽了地狱般痛苦而死去的吉格罗。"

托托长老目不转睛地看了巴尔萨好一会儿，说：

"那……为了吉格罗也可以。你愿意试试吗？"

巴尔萨摇了摇头说：

“不要。”

“巴尔萨……”

“烦死了！你说的命运什么的带来的残酷人生，让吉格罗一个人受就已经够了！我不想让卡萨再重蹈吉格罗的覆辙。”

就在巴尔萨划破黑暗的怒吼声刚刚消失之际，一个细小的声音从上面传了下来：

“我……要去。”

巴尔萨吃了一惊，回头一看，东边突出来的岩石上坐着的人影站了起来，在其他人影的帮助下，有些笨拙地从岩石上跳到草地上。

“卡萨……”

托佳露的光在卡萨的眼中晃动着，巴尔萨回头看着托托长老。

“刚刚那些话，你是故意让卡萨听到的！”

托托长老的脸一下子严肃起来：

“巴尔萨小姐，你忘了一件很重要的事。这不是你的问题，而是卡萨的问题。而且，比起你，计划成功与否，对卡萨重要得多。如果不能拿到绿霞石，挨饿的不是你，而是卡萨他们。”

巴尔萨不由得回头看了看卡萨。卡萨的脸上满是一种豁出去了的表情。

被纳纳带着来到了岩山之后，卡萨一直蹲在牧童们中间。他一边靠着牧童们取暖，一边听着草地上托托长老和巴尔萨讲的那些骇人听闻的话。

得知了尤格罗的计划后，卡萨第一次明白了日落时分加姆话里的意思。

为了贫穷的坎巴，去占领山之底的王国，这样就可以获得取之不尽的绿霞石……这对坎巴人来说，是一个永远的梦想。

但是，听着托托长老的话，卡萨越发觉得毛骨悚然。他觉得，加姆他们将会犯下一个非常严重的错误，一个无法挽回的错误。这样的预感越来越强烈。也许加姆自己也感觉到了，所以才会对卡萨留下那些遗言一样的话。

不希望加姆死去。还有，不希望大家再忍受饥饿……

卡萨全身发抖，自己肩负的这个责任这么重大，让他仍旧难以置信。仿佛置身梦中一般，卡萨抬头看着巴尔萨说：

“巴尔萨小姐，我要去。一个人也要去。”

巴尔萨望着抬头看着自己的少年的脸庞，一股恐惧感从心底涌起。以前，她做保镖负责保护过很多人，但这是她头一次感觉到自己如此恐惧。就算是保护被迫成为精灵守护者的查格姆的时候，她也没有这样的感觉。那个时候，因为查格姆处于别无选择的危急关头，所以她也只能舍命陪君子了。

可是，这个少年自己决定，要把他的人生赌给巴尔萨……

“要我一个人对付坎巴最厉害的长枪手们，形势太不利了，可能我没法保护好你。”

巴尔萨突然打破沉默，简短而快速地低声说道。

“你知道那时会发生什么吗？”

卡萨点点头。

“就算这样，也要去吗？”

卡萨喃喃低语：

“是的，因为……我不想看见大家死掉。”

第四章

绿霞石馈赠仪式

突然，长枪划破黑暗刺了过来。巴尔萨吃了一惊，慌忙接下这一招。在躲闪着这令人眼花缭乱的攻击时，两人的长枪开始缠绕在一起，又互相弹开，不知不觉中，已经变成了宛如舞蹈般流畅的动作。

“‘枪之舞’开始了。”

老拉古

义诊医院的由加来访时，邕萨族的老拉古正在长椅上打盹儿。

老拉古的二儿子努库担任族长，他一接到“通往山底的大门”开启的通知，就跑来向隐居中的拉古问这问那。拉古为忙着应付努库的问题而感到疲惫不堪。

作为经历过仪式的“王之枪”的幸存者，拉古受到了坎巴人民的敬重。可面对着从送给“山之王”的礼物种类，到怎么接待坎巴王的使者，凡事都要跑来一一询问的二儿子，拉古还是忍不住在心里默默地叹气：

虽说努库不是个笨蛋，可他也太依赖我了……

昨天，满载着送给“山之王”的礼物的马车总算起程向王都进发了。拉古终于得以喘一口气，但疲惫感也随之而来，今天早上连床都懒得起。这段时间，每次躺下，拉古就感觉自己的精气神在一点一点从体内流失出去。如此下去，死神离自己恐怕也不远了吧！

唉……这也是没办法的事，连自己都没想到能活七十多岁。他心中暗想。

拉古听到敲门声醒了过来，但身体一时间却无法动弹。

“嗯。”

终于听到里面应了声。于是，门外传来了年轻门卫的声音：

“拉古大人，义诊医院的由加大人来了。”

拉古叹了口气：

“让她进来。”

拉古耳朵听着年轻门卫的脚步声，眼睛却一直盯着炉火。最近自己老是梦到长子塔格，一定是因为由加提起的那些骇人听闻的事。

时间好不容易将这令人悲痛欲绝的火焰埋藏起来，由加这个家伙，又打算来挑起余火吗？

但是，如果那件事是真的……

六天前，从由加跑进来的那一刻起，拉古就觉得不对劲。由加是一个即使在切掉病人手臂时也不会皱一下眉头的女人，拉古一直觉得这个女人如果生为男人的话，一定会是一位世上罕见的武士。这样的由加，竟然披头散发地跑了进来。

果然，不祥的预感成真了。由加在慌忙打了个招呼之后，就用她那闪闪发亮的眼睛直盯着拉古，开始讲起了那件骇人听闻的事。

她竟然说……卡纳的女儿还活着。

当然，一开始，拉古并不相信，他对由加说，有可能是吉格罗·穆萨的情人巧妙地利用了吉格罗还记得的关于卡纳女儿的记忆，然后伪装成巴尔萨。

但由加苦笑着摇头说：

“她就是巴尔萨。拉古大人，您如果也亲眼看到的话，一定会相信我说的话。”

拉古在很久以前，见过巴尔萨一次。卡纳从王都归乡探亲时，曾带着女儿来向族长请安。

当时，担任族长的是拉古的弟弟，拉古作为“王之枪”居住在王都，那天因为出席侄子的成人仪式，正好住在“乡”的宅邸里。

这个出生于王都、刚满三岁的女孩，手臂上缠满了绷带。据说她刚到由加的义诊医院就爬到树上把手给摔断了。白色的绷带在她那像男孩子一样被晒得黝黑的皮肤上格外显眼。拉古对卡纳说道：

“这孩子，与其说像你，倒不如说更像你妹妹由加小时候啊。”

那段时光真是美好啊。卡纳成了国王的御医，大家都对邕萨族出了个国王的御医一事自豪不已。

然而国王突然驾崩，吉格罗逃亡，卡纳惨遭杀害，长子塔格为了追捕吉格罗而一去不回……祸事疾风骤雨般一桩接一桩袭来。假如真相果真如由加所说，都缘于罗格萨姆王的阴谋……

拉古想起了罗格萨姆王那张油光发亮的脸，以及这几十年来自己一直憎恨、不愿想起的吉格罗·穆萨十六岁时的脸——他觉得那个在地底的黑暗中完美地展示了勇气的吉格罗，正用那双炯炯有神的眼睛直直地盯着自己。

听到开门声，拉古回过神来。还未等由加进门，一种糊状膏药的刺鼻气味就已经蹿进屋里。由加以给拉古治疗关节痛的名义，每天都来拜访。

和由加四目相对，拉古静静地摇了摇头：

“好像没有被抓到……”

传言在邕萨族和穆萨族之间的传播速度比马跑得还快。女犯人把加格罗的长子加姆和警卫长多姆弄成重伤并轻易逃走的消息，当天就传到了拉古的耳朵里。而穆萨族族长加格罗也发来了正式请求，说如果那个女人逃进了邕萨领地就请一定逮捕她。

那之后，武士们展开了大规模的搜索，但据说直到现在也还没有抓到她。

由加搬了张椅子在拉古躺着的长椅旁坐下，把糊状膏药熟练地涂到拉古那长了老年斑的手肘上。每当抚摩拉古肌肉松垮又瘦小的手臂时，拉古松弛的皮肤都会在她手中晃动着。

“听说尤格罗·穆萨快到邕萨领地了。”

“是啊，来和我们的队伍会合，明天就会进入邕萨领地了。”

由加的手更加用力了：

“现在尤格罗不在，加格罗大人一定会愿意听我们说的。”

拉古怒视着由加：

“由加……”

“据说尤格罗把加格罗大人的长子加姆大人留了下来，带着自己的长子西姆出发了。今天早上，加姆大人终于通过了邕萨领地。这是天赐的绝好机会，说不定加格罗大人的心中现在也开始产生了怀疑。”

拉古叹了一口气：

“你的耳朵还真灵啊。”

由加脸上浮现出一丝微笑，说道：

“义诊医院的候诊室，真是各种传闻的聚集地啊。”

拉古一动不动地盯着天花板，说道：

“你……是想挑起邕萨和穆萨之间的大雪崩吗？一旦雪崩，我这老朽的身体可没有气力去阻止它了。”

拉古自言自语般低声补充道：

“我不会去做对氏族无益的危险之事。”

“您是氏族的长老，氏族的子民是您的孩子。您是要对自己的孩子见死不救吗？”

由加用手指挖出一些发黏的黄色膏药，继续喃喃地说道：

“我到现在……也依然恨着杀害我哥哥的人。我脑海里现在都能清晰地浮现出被无辜杀害的哥哥那双瞪着空中、死不瞑目的眼睛。

“为了一己私欲，让氏族里最优秀的年轻人去白白地牺牲，这样的人，您能原谅吗？您能轻易地原谅那个逼死塔格大人的人吗？”

拉古粗暴地推开由加的手，一边呻吟着一边撑起身来，和由加面对面地坐下，狠狠地瞪着她：

“证据在哪里？嗯？你指名道姓地指责坎巴最有权力的人，那你能让人信服的证据到底在哪里？”

“不是有证人吗？难道就眼睁睁地看着尤格罗将这唯一的证人杀死吗？”

“我是说你没有证据去证明那个女人说的是真话。”

拉古摇了摇头：

“由加……你到底打算旧事重提多少次才甘心？我明明说了这是没有办法的。”

由加凝视着拉古的眼睛说道：

“多少次也要说。你觉得……我可以眼睁睁地看着这个世界上自己唯一的侄女被杀死吗？”

难道就真的没有办法了吗？不管是在睡梦中还是醒着的时候，由加都在不停地思考该如何营救巴尔萨。只是，正如拉古所说，没有任何证据可以证明巴尔萨所说的话是真的，这一点非常致命。

由加从拉古的房间出来，刚到邸馆外，就看见细雪像尘埃一样从银色的天空飘落下来。

为了可以随时将山羊从山上迁下来，男人们忙碌地修理着建在“乡”的外侧的、冬季用的家畜围栏。很快，群山就会被大雪覆盖。

巴尔萨现在在哪里呢？

由加跨上一匹小矮马，在纷飞的细雪中返回了义诊医院。

这天夜里，拉古在梦中好像听到了一种奇妙的鸟叫声。他忽地睁开眼，躺在床上竖起耳朵静静地聆听着隐约传来的风声。房间很昏暗，火炉里也只剩下些火星，朦胧地映照着四周。

突然，火炉的烟囱里传来了低沉响亮的口哨声，拉古全身僵住了。当拉古反应过来这个口哨声所代表的意义时，他全身颤抖了起来。

在久远的三十五年前，他作为“王之枪”下到山之底的时候曾经听到过这个口哨声。

“‘山之王’的臣民到来了，欢呼吧。”

拉古简直难以置信，好一会儿身体都动弹不得。当同样的口哨声再次传来的时候，他从床上起身，穿好衣服，套上两双厚厚的毛袜，并且蹬上了许久没有穿过的长靴。接着，他披上卡奴，走到窗边，尽量不发出声响地推开了窗户。

呼——夹杂着细雪的寒风吹了进来。拉古的房间对着邸馆的后院，庭院被黑暗笼罩着，什么也看不见，但窗户的下面有一对银光。

“‘山之王’的臣民啊，欢迎你的到来。请进来吧。”

拉古呼着白气，对着窗下的那对银光低声说道。

一进入初冬，坎巴的“乡”里的人们就会忙得不可开交，因为牧童们要把山羊从岩山上赶回搭建在“乡”外的冬季用的围栏里去。只有在这个时候，氏族里所有的男人才会一起出动忙着看管山羊。牧童的女人们为了迎接难得回家的男人们，忙着在家里准备。因此，氏族里的女人们已经习惯了每年的这个时候要把牧童的女人们的农活儿也一起都做了。

看着托托长老和优优他们高兴地回到紧贴着“乡”的外城墙外侧的家里，卡萨心中五味杂陈。

他怎么也想不到，隐藏在夜晚的岩山中，有着一双发着银光的眼睛的牧童，和现在这样热闹地享受着家人团聚时光的牧童是同一个人。

牧童下山回家和家人团聚的季节，对氏族里大多数的男人来说，却是要和家人分别，到邻国新约格王国去打工的季节。

为了更加有效地防雨防雪，女人们往男人们穿旧了的卡奴上精心地涂上油脂。这些卡奴挂在每一家的屋檐下，随风飘动。在这些悬挂着的卡奴下方，一般都会有一些小小的土堆，那是幼年——很多是刚出生立刻就夭折了的孩子们的坟墓。在贫穷的坎巴，十个小孩子里大概只有四个能活下来。人们把夭折的孩子埋在屋檐下，希望他们成为家里的守护神，甚至盼望他们能依附在父亲和兄长的卡奴里，在他们前往异国的旅程中一直为他们保驾护航。

活下来的孩子则在屋檐下、自家兄弟的坟墓旁晒得着太阳的地方，为父亲和兄长的长靴刷上油脂。他们和同伴一边愉快地聊着天，一边刷着长靴。虽说在漫长的冬季里见不到父亲和兄长，让人多少觉着有些寂寞，可因为年年如此，坎巴的孩子们也就认为他们出外打工是天经地义的了。

那些马上就要出外打工的男人也没有表现出丝毫不悦。对于年轻人来说，离开家人到人生地不熟的异国打工或许是一个艰苦的考验，但另一方面，他们能从年长的男人那里学到些成人才能享受到的乐子，而且这还是一个了解“乡”以外世界的机会。更何况，外出打工反正是每年都一定会到来的“例行公事”。

获得了一大笔意外之财的卡萨的父亲童诺，今年冬天可以和家人一起度过了。刚开始时他非常开心，但当同伴们纷纷开始做外出打工的准备时，他好像因自己生活的奢侈而感到了内疚。他从得到的钱里拿出了一部分，给同伴们每人买了一双新长靴。

男人们一边修着围栏，一边略带笑意地亲切调侃道：

“谢了，这实在是很符合童诺风格的体贴方式嘛。”

卡萨怀着复杂的心情听着别人如此谈论自己的父亲。

卡萨一边把那些好像很不满似的咩咩叫个不停的坎巴山羊赶进围栏，一边不时地瞅着大门的方向。

因为按照托托长老说的，邕萨族的长老大概今天就会来访。

“啊，好疼！”

被山羊踩了一脚，卡萨不由得大叫了起来，同时羞得满脸通红。幸好，谁也没有注意到。

这时，一阵高亢的号角声划破天际传了过来。卡萨吃了一惊，回头向大门望去，只见远远的一队人马正沿着山谷的道路向自己这边走来。最前面的武士手里高举着长枪，邕萨族的族旗在长枪上随风飘扬。后面跟着一辆马车，马车的两侧各有一骑武士。

来了……

正如托托长老所言，邕萨的长老拉古果真来拜访加格罗大人了。

邕萨族长老的突然来访，让“乡”里像炸开了锅一样热闹。

“但愿一切顺利……”

卡萨一边把试图逃跑的山羊追回围栏，一边在心里默默祈祷。

加格罗眉头微皱，出门迎接突然到访的邕萨族长老拉古。从邸馆的大门到房间入口的道路两侧，警卫兵整齐地排成两排，两骑武士和马车在他们之间行进。不久，从停在房间入口的马车上走下来两个人影。

一个披着卡奴的陌生女子先从马车上下来，接着她搀扶着拉古下了车，径直走到了加格罗的身旁。

“加格罗大人，突然造访，失礼了。”

拉古用沙哑的声音说道。加格罗轻轻地鞠了一躬说：

“哪里哪里，欢迎光临寒舍。请进，我马上叫人准备晚宴。”

作为参加过绿霞石馈赠仪式的曾经的“王之枪”，坎巴所有氏族的人对拉古都有一种特殊的敬意。加格罗有些紧张，打算把拉古领到大厅去。

“啊，不了，加格罗大人。”

拉古停下脚步，看着加格罗说：

“实际上，我是因为一件很机密的事来的。”

“哦……那请到我的房间来吧。”

加格罗把拉古带到了邸馆深处自己的房间里。虽说有很机密的事，拉古却完全没有要让随行的女人退下的意思，她也一起进了房间。

当昏暗、冰冷的房间里只剩下三个人的时候，加格罗急忙往火炉里加炭，拨弄炭火，然后领着拉古在有扶手的椅子上坐下。

加格罗看了一眼陪伴在拉古身边的女人，又把视线转向拉古，问道：

“恕我冒昧，请问这位是……”

拉古抬头看着加格罗说：

“我来介绍一下。她是邕萨族的巴尔萨，卡纳的女儿，吉格罗的养女。”

加格罗就好像被什么东西击中了一般往后退了一步。巴尔萨静静地脱下卡奴，盯着加格罗，轻轻地点了点头。

“这……这是怎么回事？”

最初的震惊消失之后，加格罗的眼里满是愤怒：

“这个人，是我以全族之名请求拉古大人您协助逮捕的罪人！为什么您要……”

拉古突然举起手说：

“加格罗大人，您可以先听我讲吗？”

加格罗紧握的拳头颤抖着，但他顿了一下便“扑通”一声坐到了椅子上。

“说来话长，而且……这还是个可怕的故事。坎巴的存亡取决于您是否相信我说的话，请您务必听我讲。”

拉古开始用平静却又充满深情的口吻讲述起这个长长的故事。巴尔萨的父亲卡纳成为国王的御医，卡纳和吉格罗是很好的朋友，以及罗格萨姆那可怕的阴谋……

听着这个在拉古口中逐渐成形的阴暗故事，加格罗整个身体僵住了。中途，讲述的人换成巴尔萨，巴尔萨用温和而又低沉的声音讲述了他们逃往新约格王国后的生活。

下午明媚的阳光逐渐变成了夕阳的余晖。不久，当巴尔萨讲到她回到坎巴之后的日子时，窗户上夕阳的最后一线余光也消失了。

待整件事讲完，加格罗依然一动不动。

过了好一会儿，加格罗才抬起头，用在黑暗中发亮的眼睛看着拉古：

“有什么证据证明这些话是真的呢？”

拉古轻轻地叹了一口气：

“这位女士毫无疑问就是卡纳的女儿巴尔萨，这一点，我可以保证。邕萨族的由加医生是卡纳的妹妹，也就是巴尔萨的姑姑。你如果看见由加，一定会相信她们两人是有血缘关系的。”

“可是……”

拉古打断了加格罗的话，继续说道：

“就像我刚才所说的那样，卡纳对由加说巴尔萨因为意外死了，随后，卡纳就被很残忍地杀害了。作为医师的由加，看到自己哥哥的尸身上有致命的伤痕。”

拉古抬头看着加格罗：

“我也知道这是多么没有说服力的证据。但是，加格罗，请你好好回想一下当时的情况。罗格萨姆王是一个怎样的男人？还有，吉格罗又是一个怎样的男人？”

加格罗紧咬双唇，似乎有风在耳底深处呜呜地咆哮。很久很久以前的少年时代的岁月，在这风中盘旋着。

加格罗是一个很不起眼的少年，唯有长枪的武艺胜过其他少年，但这也不是可以值得骄傲的事——因为身旁总是有弟弟吉格罗。吉格罗的长枪天赋很早就显现出来，大家都极力称赞他继承了曾经在绿霞石馈赠仪式上担任过“舞者”的祖父的才能。

假如，吉格罗是一个像现在的西姆那样容易自满的少年，加格罗一定会很痛恨弟弟，可吉格罗是一个越被表扬就越沉默寡言，并不喜欢在人前舞弄长枪的少年。

当听到吉格罗因为不满罗格萨姆王子继承王位而偷走九个金环逃走的时候，加格罗简直无法相信。的确，吉格罗非常讨厌罗格萨姆王子，但他绝不是一个会用这种方式把自己的意志强加到别的氏族的人身上的男人。

还有，尤格罗……

和吉格罗相比，这个弟弟截然不同。他从小就性格开朗，是一个极具魅力的少年。因为族长由加格罗继承，尤格罗很早就到了王都，沾染上了王都里奢华的生活风气。

当加格罗听到尤格罗自告奋勇要去追捕吉格罗时，加格罗深受打击，他想起了笨拙地哄着尤格罗的吉格罗。吉格罗虽然沉默寡言，但是非常疼爱这个年龄相差甚远却甚是开朗的弟弟。

当尤格罗凯旋的时候，加格罗心如刀绞地追思着吉格罗。如果真要决一胜负，吉格罗是不可能输给尤格罗的。正因为深知这一点，加格罗才会为被弟弟暗算而死去的吉格罗感到悲哀。

就算吉格罗是不光彩的罪人，也毕竟是尤格罗的亲哥哥，对于大义灭亲，然后堂而皇之地像英雄一样活跃在王都的尤格罗，加格罗一直不能理解。如果身份对调，换作吉格罗是追捕的一方，讨伐完尤格罗之后，恐怕吉格罗一辈子都不会再见人了吧！他一定会一边哀悼着自己的弟弟，一边悄悄地在“乡”里黯然度日……

这许许多多的思绪在胸中翻滚着，发出“呜呜”的咆哮声。

这根本就是个毫无依据的故事。但是这个叫作巴尔萨的女子口中所描述的吉格罗，却远比到目前为止加格罗所听到的描述，更为接近他所了解的原本的吉格罗。

加格罗重重地叹了口气，然后，看着巴尔萨问：

“如果这些都是事实，你打算怎么做？”

巴尔萨盯着满脸皱纹的加格罗。比起很久以前见过的尤格罗，加格罗和吉格罗长得更像，就连那微微皱起的眉头和看人的目光都很像。

“可能也没什么可做的。”

巴尔萨说道：

“也没有证据，不管做什么，吉格罗也不会复活了。作为他的兄长，只要你能知道并且相信吉格罗不是一个卑劣的男人，以及他过着怎样的人生，就不枉我回坎巴一趟了。”

说完，巴尔萨脸上突然露出一丝苦笑：

“尤格罗宁可在长枪上涂毒也要杀死我，可就算他不杀我，我其实也什么都干不了。”

加格罗站了起来，像是把话挤出来似的终于开了口：

“我……相信你，但你不能把这件事公开。如果你愿意和我书面约定再也不回坎巴来，我可以让你自由地回到新约格王国。”

巴尔萨看了拉古一眼。

三天前的夜里，巴尔萨跟着牧童，从岩山上的洞穴进入邕萨的领地，得到了拉古的接待。即便拉古再怎么敬重作为山之底的臣民的牧童，巴尔萨内心仍然感到不安，因为她觉得拉古不会相信自己所说的这些关于王位继承的阴谋之类的话，可没想到拉古竟然诚挚地接待了自己，而且，巴尔萨还了解到姑姑由加也在不断地试图说服这位老人。

巴尔萨的目光从拉古身上转回到加格罗身上：

“其实，我现在还不能离开坎巴。”

加格罗皱紧眉头：

“为什么？”

“因为还有一件事我必须去完成。”

卡萨得到紧急召见的通知，和父亲一起来到加格罗的房间。卡萨因为知道被召见的理由，所以有种“终于等到了”的感觉，但父亲童诺却一头雾水，一脸不安。

房间里有加格罗和拉古，巴尔萨也在。

加格罗看见两人进来，眉头锁得更紧了。

童诺目瞪口呆地听着从加格罗口中断断续续挤出来的那些离奇的话，大致讲完以后，加格罗缓缓地摇了摇头。

“老实说，我现在还没有认可这件事。”

接着，他看了一眼巴尔萨：

“我实在是觉得这些都是对你有利的说辞——因为如果可以借口保护卡萨进入仪式场里，在黑暗的包围之中，你会有绝好的机会向尤格罗复仇。”

巴尔萨苦笑道：

“没错。”

“喂喂喂……”

拉古插话了：

“你认为老朽我会为了让巴尔萨报自己的私仇而说出这样无法无天的谎话吗？”

加格罗绷着脸一声不吭，不久后，重重地叹了一口气：

“不是的。父亲去世的时候，曾经留下过话。他说尽管我是族长，但唯独在与‘山之王’有关的事情上一定要尊重吉格罗的意见。因为吉格罗在山之底见到过‘山之王’，他知道坎巴所隐藏的秘密。”

加格罗抬起头看着拉古说：

“但是，我完全没有想到牧童竟然是山之底的臣民……我想都没有想过他们是在监视着我们。”

加格罗的眼里瞬间浮现出不快的神色，但很快就消失了。

“拉古大人，就算这个牧童说的话是真的，我们终究是坎巴人，难道不应该考虑让坎巴人生活得更幸福吗？您不认为尤格罗他们的想法是正确的吗？尤格罗是最厉害的长枪手，他应该不会逊色于索鲁吧。如果计划成功，绿霞石可以自由获取的话……”

突然，拉古伸出手，紧紧握住加格罗的手。加格罗不由得大吃一惊，低头看着拉古，拉古说：

“加格罗大人，这是愚蠢至极的妄想。对经历过仪式的我来说，索鲁的可怕深入骨髓。在那山底的黑暗中，心怀邪念的‘舞者’是毫无可能战胜索鲁的！

“而且，‘山之王’并不是你所认为的那样……我不能将我在山底所见到的告诉你，因为我要遵守曾许下的要保持沉默的誓言，但最重要的是，想要将那……将那场面，用语言描述完整也是根本不可能的。”

拉古握着他的手更用力了：

“我只能说请你理解——请你相信，绿霞石并不单纯只是宝石。为了随意获取绿霞石而攻入山底，就像是为了获得更多的羊奶而把山羊拧死一样！”

加格罗感觉到拉古的手在发抖。

“山羊们生下小羊，就会把羊奶分给我们——绿霞石也是一样，是只有时候到了，才会分给我们的宝物。”

拉古轻轻地松开了手，继续说：

“我的心情，你们或许没有办法理解。但是，加格罗大人，请你相信老朽，相信如今仅有的两个还活在这个世界上、见过山之底的人所说的话。‘山之王’要是死了，坎巴就会灭亡。”

拉古一闭上嘴，沉默便笼罩了整个房间。

加格罗紧锁眉头看着拉古，说道：

“可是……我不认为尤格罗会愚蠢到这个地步。没错，今年参加仪式的人，谁都没有经历过上一次的仪式，但尤格罗先前应该去过邕萨族领地专程向您请教仪式的相关内容。那个时候，您没有告诉他这些事情吗？”

“我当然告诉他了，从仪式的顺序，到在仪式的黑暗中有可能会发生什么事都告诉他了。不过，我没有告诉他‘山之王’的真面目。‘山之王’是只有在‘舞者’成功地完成了‘枪之舞’以后才会现身的，这些我不能在开始举行仪式前就告诉尤格罗。”

拉古有些不是滋味地看着加格罗，说道：

“虽然你说不认为尤格罗有那么愚蠢，但是如果让我说的话，他不是愚蠢，而是无情到可怕的地步。这次的事，让我终于体会到了这一点。但还是有些……晚了。”

加格罗紧紧地皱起眉头，怒视着拉古，但拉古并没有躲闪他的目光，说道：

“虽然我不能说出‘山之王’的事，但我可是把在仪式的黑暗中有可能会发生的事都仔细地嘱咐给了尤格罗，可他还在筹谋这样的计划，说明他根本就是目空一切。而且，他没有把我的话转告给其他的‘王之枪’。”

拉古紧握拳头，继续道：

“我很清楚，他在巧妙地防止那些年轻的‘王之枪’成员知道仪式的知识。我的孙子塔古被支使去做这样那样的杂事，已经三年没有回过邕萨领地了。真正的原因，到了现在，我总算是明白了。”

孕育着愤怒和不安的空气充斥着整个房间。

“恕……恕我冒昧。”

忽然，卡萨的父亲打破了沉默：

“是要让卡萨去阻止那个……尤格罗大人花了那么长的时间巧妙筹谋的计划吗？这实在是太……”

童诺焦虑地继续说道：

“实在是太强人所难了。让我儿子去做这样……这样的事情，别开玩笑了！”

“父亲大人！”

童诺焦急地挥手示意卡萨闭嘴：

“就算加姆大人相信卡萨说的话，恕我失敬，加姆大人是没有办法阻止尤格罗大人的，更何况去阻止国王了。而且，如果这变成穆萨和邕萨举旗造反的话，我们就会成为叛军的。”

童诺的语调充满了从未有过的激动。他那被晒得黝黑的脸涨得通红，狠狠地瞪着加格罗和拉古。加格罗和拉古一言不发地看着他。

拉古神情严肃，手捂着脸无奈地说道：

“已经……没办法了吧。仪式场的黑暗，可以看穿人心。为了领教‘枪之舞’，索鲁会现身，这时，仪式场就会被一片漆黑所笼罩。在那片黑暗之中，潜伏着无数的索鲁，他们可以看穿坎巴人的心。

“听我现在说的，和实际上自己亲身体会到的是完全不一样的。尤格罗善于用花言巧语哄骗他人，所以他也许会有办法应付索鲁，但要瞒过去真的不是那么容易办到的。而且一旦感觉到敌意，索鲁就会发动突然袭击。”

拉古的嘴角浮现出一丝苦笑，眼眶中却噙满了泪水：

“到那时，尤格罗惨死，得不到绿霞石的坎巴也将陷入饥荒。”

表情沉重的巴尔萨看着天花板，接着长长地吸了一口气，低头看着拉古说：

“那个举行仪式的场所，大概有多大呢？”

拉古抬起头，犹豫了片刻，接着耸了耸肩说：

“那里……国王和九位‘王之枪’，以及他们的随从，一共二十个人靠着岩壁围成一个圈，在这个圈里面，进行长枪比武。所以你可以想成是二十个男人正好可以围成一个圈左右的大小。”

“也就是说，士兵只能在外面等候，仪式场里只有这二十个人，对吗？在这二十人中，读了您的信之后会站到您这边的人有几个呢？”

拉古和加格罗面面相觑。

“也就……只有加姆大人和我的孙子塔古吧。”

巴尔萨叹了口气：

“只有两个人啊，那就没办法了。”

这时，卡萨突然插话了：

“那……那个……”

被大家注视着，卡萨的脸红到了耳根。他虽然紧张到连头皮都发麻了，但还是拼命地挤出话来：

“那个……我在加姆大人出发到王都前一天的傍晚见过他。那个时候，加姆大人，怎么说呢，我觉得他有一种害怕仪式举行的感觉。

“加姆大人绝不是胆小的人，这一点，我是非常清楚的。也正因为如此我才会想，其他的武士也一定非常担心吧。”

卡萨看着加格罗，他并没有意识到自己正在盯着以往从不敢直视的加格罗的眼睛。

“因为没有人可以肯定在山之底到底会发生什么。虽然已经知道了仪式举行的方式什么的，但我看到加姆大人的时候，感觉他好像很害怕。

“加姆大人说那是为贫穷的坎巴而战。因此，他好像一直在对自己说：就算害怕，也必须拼命。一定还有不少人是这么想的。

“在这样的不安情绪下，如果我们告诉他们这是来自经历过仪式的拉古大人的忠告，他们可能会有所动摇。”

童诺大吃一惊，像看陌生人一样看着自己的儿子。但卡萨情绪激动，并没有注意到父亲的目光，继续说道：

“会不会有人站到我们这边，这个，我觉得只有赌一把了。虽然父亲大人担心要是变成了叛军之类的该怎么办，可已经管不了那么多了。这就好比对面是悬崖，您要去阻止羊群坠崖一样吧。”

卡萨的见解虽然幼稚单纯，但却有一种难以想象的气势。卡萨抬头看着巴尔萨说：

“不管怎样，我都想再见加姆表哥一面。请让我去吧！”

童诺按住卡萨的肩膀，卡萨迅速地把手放到长枪的枪柄上，凝视着父亲。

童诺瞪着儿子，但什么也没说。

巴尔萨一言不发地看着卡萨。卡萨看起来是一个懦弱的少年，但现在他的脸上却浮现出令人感到意外的执着的表情。这样看来，除非把他绑到柱子上，否则他是无论如何都会求童诺让他去的吧。

真是拿他没办法……

巴尔萨叹了口气：

“既然你的决心这么坚定，那就孤注一掷，试试看吧。”

所有人都吃惊地看着巴尔萨。

“不过，卡萨，你要在这里答应我。如果无论如何都无法扭转局面的话，你一定要听我的指示赶快逃命。”巴尔萨说。

卡萨迟疑了一下，还是点了点头，说：

“你是说真的吗？”

“是的。”

巴尔萨又看着童诺，说道：

“现在我对那个地方的地形什么的毫不了解，所以我不能向你保证什么，但是，在黑暗中让卡萨一个人逃脱，可能还是会有办法的。”

巴尔萨说着，脑海里清晰地浮现出自己死去的场景。但是，不知为何，就算这样，自己也愿意带着卡萨到地底的仪式场去。

那是吉格罗曾经舞过“枪之舞”的黑暗之所——巴尔萨想进去看看。这样的想法，一直潜藏在她的心底。

童诺不知如何是好地盯着巴尔萨，巴尔萨直视着童诺说：

“我不能向你保证一定能保护好这个孩子，但是，我可以保证一点，如果没有和卡萨在一起，我是不会独自回到地面上来的。”

到山之底去

巴尔萨和卡萨是在第二天的黎明时分出发的。童诺没有告诉家人卡萨要去做什么，只是说族长有很机密的事情要卡萨去一趟王都。他尽量不去看家人担心的目光，把手搭在卡萨的肩上走出家门。

这是一个寒冷的早晨，地面上积了薄薄的一层雪。在初升的朝阳下，结冰的小草由于反光而变得银光闪闪的。

童诺和卡萨前往的是卡萨第一次遇见巴尔萨的洞穴。洞穴前，巴尔萨和加格罗，以及牧童的长老托托还有优优已经在等候了。意外的是，邕萨的长老拉古也拄着长枪在等着他俩。

卡萨呼着白气，一言不发地走到巴尔萨的身边。托托长老交给他俩一人一个山羊皮背包，说道：

“这里面装有托佳露的叶子、拉嘎和尤佳露（一种植物，叶汁具有加热功能）的叶子。记好了，洞穴中是绝对不能点火的。虽然用托佳露可以在黑暗中看清东西，但如果太冷就不起作用了。所以，在冷得受不了的时候，就吃这个尤佳露的叶子，这种叶子可以让身体由内到外发热。或者也可以把它擦在脚上或身体其他地方。”

托托长老抓住优优的手说：

“从这里到邕萨族的领地，由优优给你们带路。再接下去，会有各个氏族领地里的牧童在等你们，他们会为你们准备食物。”

加格罗活动了一下身体说：

“我听说仪式场是在王都附近的洞穴深处。从这里到王都，骑马也得十天，现在离仪式举行还有五天。就算是在地底下穿梭，走路能赶得上吗？”

托托长老默默地笑了笑说：

“没问题，就交给我们吧。”

托托长老收起笑容，认真地看着巴尔萨他们：

“巴尔萨，还有卡萨，你们在洞穴中的时候，可以用托佳露，但进入仪式场以后，千万不要用托佳露。这一点请答应我。”

“为什么？”

“如果看清了索鲁的面貌，你们就再也回不到地面上来了。”

卡萨感觉到父亲搭在自己肩上的手突然加大了力度。

“巴尔萨小姐，我儿子……就拜托你了。”

巴尔萨轻轻地点了点头，然后，看向加格罗说：

“加格罗大人，不管在山之底发生了什么事……也不管是怎样的结果，卡萨如果活着回来，您能答应我会举全族之力保护他吗？”

加格罗一动不动地回盯着巴尔萨，说道：

“出生在穆萨的孩子，和我的所有血亲是一样的。就算是要和国王为敌，我也不会做出抛弃卡萨的事情。”

卡萨吃惊地看着加格罗，加格罗那仅存的一只眼里露出严肃的目光。加格罗目不转睛地盯着卡萨，好一会儿，视线才又回到巴尔萨身上。之后，他用不同寻常的平静的口吻说道：

“听说……在山之底的黑暗中，人是无法伪装自己的想法的。尤格罗会在山之底看到些什么呢？”

巴尔萨盯着加格罗，微微地笑了笑，接着啪地拍了一下卡萨的肩膀说：

“好了，我们走吧。”

卡萨抬头看着巴尔萨，点点头。优优走在前面，巴尔萨和卡萨跟着走进了洞穴的黑暗之中。

“优优，拜托你了！卡萨，你要小心，要加油啊！”

童诺的声音从背后传来，回声在黑暗中响起，接着又消失了。

三个人的身影消失以后，加格罗转身背对着洞穴，众人一言不发地离开了洞穴。

托托长老和拉古并肩而行，拉古低声对托托长老说道：

“巴尔萨……能顺利完成任务吗？”

托托长老看了拉古一眼。他们两人心里隐藏着一个对其他人——加格罗和童诺，甚至连巴尔萨和卡萨都没有说过的秘密。

“应该会吧。我一直觉得是命运把巴尔萨唤回到这片土地上来的。

“巴尔萨曾经对我大吼，说不要轻易地用命运这样的词来下结论。

“但是，在这个世界上，这样的事情——靠不可思议的命运之绳拉到一起的事偶尔也是会发生的。不是吗？”

托托长老露出苦笑：

“巴尔萨穿过这个洞穴从新约格王国回来的时候，索鲁迎接了她，并对她舞了‘枪之舞’，还将绿霞石掉到吉娜身上。从听到这些事情开始，我就这么想。而且，就在巴尔萨和索鲁相遇的这个冬天，迟到了十五年之久的仪式也终于得以举办。”

突然，拉古停下脚步。

拉古看着托托长老，眼睛里闪烁着一种无法言喻的悲伤。然后，他轻轻地说了这样一句话：

“是……索鲁一直在等巴尔萨吗？”

托托长老点点头说：

“我是这么觉得的。这次的仪式……是一场特别的仪式。虽然坎巴王和‘王之枪’们完全没有意识到，但在这场仪式中，坎巴的人民，必须净化那肮脏的国王罗格萨姆所犯下的罪恶。

“在这场阴谋中，许多人的人生被玩弄、被玷污，巴尔萨就是其中的一个。还有比巴尔萨更适合去净化这场仪式中的罪孽的人吗？”

托托长老抬起头温和地看着拉古，轻轻地抚摩着他的手说：

“还有……同样的，要祭奠被玷污的索鲁，也没有比她更合适的人了。是啊，让我们一起祈祷吧……希望巴尔萨可以成功地为我们净化和祭奠索鲁。”

在背后的亮光变成了一个小白点然后消失之前，巴尔萨他们三人都沉默地走着。不久，亮光完全消失了，三人停下脚步，用岩壁渗出来的水浸湿托佳露的叶子后贴在眼睛上。

“哇。”

一睁开眼，卡萨吃了一惊，白磨石的岩壁闪闪发光。白磨石本身也是一种会散发出微弱光芒的石头。这些岩壁上，都处都有洞眼。

“那些洞眼是什么？”卡萨问道。

优优低声回答：

“提提·兰的家啊。卡萨，你声音太大了，这边的居民现在才刚刚睡下。还有，不能拄着长枪走路，声音会顺着岩壁传播开来的。”

卡萨急忙把长枪扛到肩上。他第一次看到白磨石洞穴的景色，就好像是白雪堆成的长廊。里面远比想象的要宽阔，抬头往上看，竟不知道空间到底会延伸至何处。

并且，这里到处都是岔路。优优毫不犹豫地往前走着，他到底是靠什么来记路的呢？巴尔萨和卡萨已经完全不知道是在朝着哪个方向前进了。如果和优优在这里走散了，他们肯定会迷失方向，最终困死在这里。

巴尔萨走着走着，突然用手指触摸起自己长枪上的图案。当她想到加格罗的长枪上也同样刻着的图案时，不禁想到，一定有人很久以前就向牧童请教了这条从穆萨领地穿到新约格王国的道路。这个人是出于什么原因而去新约格王国的呢？巴尔萨一边思考着这些问题，一边不停地往前走。

不久，洞穴的景色为之一变，白磨石的岩壁变成了散发着淡淡绿光的岩壁。

“是……绿白石。”

卡萨小声说道。一直到刚才，他都只听得见他们三人的脚步声。这时，寂静中传出了水流声。

“这条岔路很窄，你们要小心。”优优对他们说道。

的确，这个岔路口连优优都要弯下腰才能钻过去，对巴尔萨就更不用说了，卡萨也是一样，如果站直身子，是绝对无法钻过去的。两人没有办法，只好趴在地上，勉强爬进了这个细长的岔口。

从这个岔口一钻进去，巴尔萨不由得屏住了呼吸。

眼前有一条很大的河流。散发着淡绿色光芒的岩壁颜色变淡了，清澈得让人吃惊的水湍急地奔流着。从岔路出来的地方，好像是一块比较平坦的岩石，岩石的正下方被河水冲刷着。

“好深啊！”

探出头去看了一眼水面的卡萨害怕地说道。巴尔萨也探出头去看了一眼，立刻觉得背脊发凉。因为河水特别清澈，所以能往下看到很深的地方。但就算如此，河水还是深不见底。泛着清澈绿光的河水，虽然美丽到无法形容，但也可怕到无法言喻。

“优优，怎么办？不会是让我们游过去吧？”卡萨问道。

优优笑着答道：

“怎么可能？你碰一下水试试。这水就像冰一样冷，如果掉进去，一下子就会没命的。嗯……稍微等一下。”

优优吹起口哨，高昂的口哨声在洞穴里回响起来。在回声消失之前，优优从袋子里拿出尤佳露的叶子，于是，一股刺鼻的味道蹿了出来。

“你们两个也把长靴脱掉。对，袜子也脱掉。还有，把尤佳露的叶子拿出来，使劲搓一下，像这样涂在脚上。”

优优在自己光着的脚上，从脚趾到膝盖都涂上了叶子的汁液给他们看。巴尔萨和卡萨按照优优说的试了一下，脚开始慢慢地热了起来。

“啊……好热！优优，这个没问题吧？太热啦！”

优优默默地笑着，穿上袜子，再牢牢地套上长靴。

“你很快就会感谢它了。看吧……来了。”

两人顺着优优指的方向看过去，不禁目瞪口呆。一个巨大的细长的生物，从水流深处弯曲着身子游了上来。乍一看像是蛇，但可以看见它的胸鳍像前足一样在划水。这真是一种奇妙的生物，全身散发着淡淡的有如珍珠般的光芒；没有眼睛，尖尖的脸上有两个巨大的鼻孔；在水里紧闭着的鼻孔，一出水面，立刻就张开了，发出“咻咿”的口哨声。

优优再次吹起了长长的口哨。紧接着，仿佛是在回应一般，那个生物也发出了“咻咻”的呼吸声。

优优从袋子里拿出成块的山羊肉干，朝着那个生物砰地扔了过去。那个生物哗地跃出水面，用长着成排尖牙的嘴巴接住肉干，一下子吃得精光。

“它是苏提 · 兰，它可以把我们载到邕萨领地。”

优优若无其事地说完后，就跨到这个生物的背上。巴尔萨则皱着眉头望着这个生物说：

“它要吃山羊肉，也就是说这个生物是肉食动物。这个叫苏……什么的。”

“苏提·兰。对，它是肉食动物，山羊肉是它最喜欢的。山羊要是老死了，我们都会送给它。说了没问题的，这个苏提·兰和我们的关系很好，它刚刚已经答应要载我们去了。好了，上来吧！”

巴尔萨叹了口气，不由得和卡萨四目相对，说道：

“原来如此，是要跟着地下水顺流而下吗？这样的话，很快吧。不过……如果可以的话，还是走着去比较好，对吧？”

“嗯。”

“卡萨，你先上，我坐你后面。”

卡萨尽管表情难看，但还是跨上去坐在优优的后面。巴尔萨也蹲下去，战战兢兢地跨到苏提·兰身上。苏提·兰没有鳞片，皮肤比想象中的要干燥，不过，却很意外地微微有些暖和。

冷得刺骨的河水在膝盖下流过，这下子他俩终于明白优优为什么让他们把尤佳露的汁液涂抹在脚上。

“长枪用左手拿着，右手牢牢抓住我的衣服。”

卡萨抓住优优的衣服，巴尔萨抓住卡萨的衣服，问道：

“不……不会有事吧？你可是说了，掉下去的话就死定了，优优。”

“没事的啦，双脚用力牢牢跨着就没事。苏提·兰不会把我们抖落到水里去的。”

“它应该不会潜到水里去吧。”

“连巴尔萨小姐都害怕吗？没事的啦。它不会潜到水里去的。好了，我们出发吧。”

优优咻地吹了一声口哨，苏提·兰平稳地向前游去。

坎巴的王都坐落在尤萨群山的深坳里，四周建有高耸的外城墙，形状就像一个巨大的“乡”。从外城墙南边的正门开始，有一条笔直的“王之道”通往矗立在王都最深处的王城。

王都里的雪越下越大，被淋湿的房屋的黑色墙壁与纷飞的白雪，构成了一幅奇妙的美丽图景。

王城高高地耸立在一个巨大的岩盘上，四周是垒起的坚固石墙；邸馆与邸馆都用回廊连接着；陡峭的屋顶上耸立着像长枪一样的高塔。

王都里平时生活着“王的军团”，也就是一千名坎巴氏族的士兵，以及一千名来自各个氏族的、十年一轮换的服役士兵。不过，现在这当中的五百名精锐士兵已经集中在王城的外城墙内侧。王城的庭院里搭了好几个皮革帐篷，炊烟袅袅。很明显，这是在为战争做准备。

坎巴王拉达从塔上的会议厅俯视着王城的庭院。这位尚且年轻的国王那苍白的脸上浮现出紧张的神色。

“准备……差不多都妥当了。”

他回头一看，尤格罗站在巨大的会议桌旁，手轻轻地放在上面。

“剩下的就只有请祭司举办‘赐予力量’的仪式了，然后我们就出发。士兵们比我预期的还要有信心，这我就放心了。”

拉达把搭在额头上的、纤细的褐色头发往后拢了拢。这位年轻的国王很像他的母亲，跟他的父亲罗格萨姆完全不同，内向且有些神经质，以至于让人怀疑他是不是罗格萨姆的儿子。

好像是在确认有没有别人一样，拉达绕着会议厅走了一圈，低声说道：

“尤格罗……真的没问题吗？”

拉达的眼中闪烁着畏惧的神色，问道：

“不是说仪式场的黑暗可以看穿人心吗？如果知道我们对‘山之王’怀有敌意的话，索鲁一定会攻击我们吧……”

尤格罗在心中叹了口气，但脸上却浮现出微笑，看着国王，说道：

“没问题的。关于这件事，我不是跟陛下谈过很多次吗？只有在我被选为‘舞者’之后，索鲁才会出现。而且，在我和索鲁进行‘枪之舞’期间，只要我脑子里反复念诵赞美‘山之王’的诗歌，时间很快就会过去的。还有，门开了以后，士兵们会一拥而来保护陛下的。就算有什么万一，陛下也不会有危险的。”

尤格罗其实一点儿也不担心国王的安危。国王是个懦弱胆小的男人，一旦索鲁出现，别说是抱有敌意了，他肯定只会一个劲儿地祈祷自己能够逃脱。

原本——不管在哪个时代，国王都不过是一个装饰品罢了，他只是氏族合并的象征而已，真正接受考验的是“舞者”。国王之类的，不管他是怎样的胆小鬼，都无关痛痒。

“但是……”

国王抬眼偷瞥了尤格罗一眼，问道：

“你没问题吧？啊……不是，我当然不是不相信你的本领。这件事我实在是放心不下。你和索鲁共舞‘枪之舞’的时候，真的可以做到不让索鲁看穿你的心思吗？”

尤格罗用手指的关节咚咚地敲了敲桌子：

“这件事，我也跟您说过很多次了……如您所知，我的兄长吉格罗担任过‘舞者’。我在和他决胜负之前，他把金环交给了我，并将他作为‘舞者’的心得传授给了我，让我如果有一天成为‘舞者’，要想起他说的那些话。”

尤格罗直直地盯着国王的眼睛。他非常清楚，说谎的时候，直盯对方的眼睛比较好。还有，如果恰当地将谎言穿插在真相里，就会让人觉得更有真实感。

尤格罗从小就领悟到，谁都有想要相信的事……只要对这个人说他想相信的话，即使是谎言，他也会轻易地深信不疑。国王现在正感到害怕，他一定希望有人对他说“没问题”之类的有把握的话。

“陛下，所谓的‘枪之舞’，是一种心无杂念的武技，心变得像水一样透明，随心所欲地用自己身体所牢记的招式舞枪……就是这样的武技。和索鲁面对面的时候，跟敌意什么的都已经毫无关系了。索鲁只会看到我心无杂念，精彩地舞出‘枪之舞’而已。”

其实，尤格罗几乎没有感到不安。他对自己“枪之舞”的本领非常自信，因为吉格罗在那片草丛茂密的河滩上传授给他的“枪之舞”，是真正心无杂念的，根本没有心思去想其他什么事。

何况……在这个世界上，毫无邪念的人根本就是不存在的。

和索鲁面对面的时候，不可能有人能做到心中毫无恐惧，不对索鲁充满敌意，或者不贪图绿霞石。但尽管如此，以前的人还是都得到了绿霞石。

胆小的人，被索鲁杀几个也无所谓。只要我的“枪之舞”成功了，那么，所有的一切都会顺利进行下去。

尤格罗从邕萨族的长老拉古那里知道了索鲁的真实身份。他刚听到时，也不禁毛骨悚然。但很快，他就认定这绝不可以让别的“王之枪”知道。

如果知道索鲁是谁，知道为什么在仪式场的黑暗之中人心会被看穿，肯定会有人改变心意。他害怕这一点。

我是不会改变心意的，我才不会因为你改变心意。

尤格罗暗自大笑。

就像上次骗过你那样，我要再骗你一次。没错，我真心实意地祭奠你，所以，你就在我面前打开大门，然后消失到黑暗之底去就好了。

尤格罗走近国王说道：

“陛下……您的父亲罗格萨姆王吩咐过我要好好保护您。所以，请恕我冒昧地说一句话，从现在开始到仪式结束，您千万不要在人前显露出您的胆怯。”

尤格罗一动不动地看着国王，压低了声音说：

“能够看穿人心的索鲁并不只是在山底下才有的。其实，在这个世界上到处都有可以看穿人心的敌人。在觉察到你胆怯的一刹那，敌人会立刻咬碎你的喉咙。罗格萨姆王是很清楚这一点的。”

尤格罗的声音里，夹杂着一种好像要让人平静下来的温柔口吻。

“不过，话虽如此，也没有人能够完全毫无畏惧。陛下，如果您觉得胆怯，就请您看着我。我这一生都是忠于您、支持您的，因为我是您的长枪。”

国王眨了眨眼，点点头。尤格罗的这些话并不是谎言。拉达国王年仅十五岁时就即位了，从那时起，这十年来尤格罗一直都在保护他。而且，这个在尤格罗的掌心中长大的国王，正如他所愿，是永远都长不大的。

罗格萨姆是一个心地肮脏的男人，但也是一个聪明得可怕的男人。他预测未来并果断采取行动的才能，让人瞠目结舌。

他讨厌和自己有血缘关系的弟弟们，所以当他知道自己死期将至的时候，便拼命地想采取一切手段把王位传给自己的儿子，而不是弟弟。

罗格萨姆的子女不多，他结婚十年才终于有了这个儿子。因此，他很溺爱自己过了三十才好不容易得到的长子拉达。

但溺爱归溺爱，罗格萨姆并没有对儿子拉达抱任何幻想。他很清楚拉达个性软弱，自己哪天要是死了，弟弟们一定会立刻把这个软弱的儿子踢开，然后取而代之。

于是，罗格萨姆挑选出了一个可以一辈子保儿子王位安稳的男人。

直到今天，尤格罗都还清楚地记得被罗格萨姆传唤的那一天。国王把八个金环和长枪放在桌上，等着他来，然后笑着说道：“是成为英雄，还是成为叛贼死在这里，你自己选吧。”罗格萨姆还说，他想得到的能让尤格罗变成叛贼的理由不胜枚举。

罗格萨姆对尤格罗讲述了自己篡权夺位的阴谋，表情若无其事得令人惊讶。因为他很清楚，尤格罗就算知道了这件事，也什么都做不了。他根本就没有可以证明吉格罗清白的证据。就算他打算做些什么，也都无法证明吉格罗的清白。

而且，尤格罗是吉格罗的弟弟。尤格罗在王城里一直尽可能地低调行事，以免招来别人的嫉恨。

所以，罗格萨姆很清楚尤格罗对吉格罗心里只有憎恨。同时，他是一个对利益很敏感的人，也颇善于操纵别人……

尤格罗觉得罗格萨姆的建议对他来说就像美梦成真。出卖无辜的兄长，撒谎说是大义灭亲并以此成为英雄，他一点儿也不觉得这么做有什么不对。由于吉格罗的存在，一直以来自己都只能偷偷摸摸地生活在阴影之中，而能以吉格罗为跳板来到阳光底下，对他来说实在是再好不过了。

罗格萨姆和尤格罗的利益，完美地结合在了一起。

对罗格萨姆来说，尤格罗成了英雄，而这个英雄会一直守护自己的儿子。拉达王子是个容易受人控制的胆小鬼这一点，在罗格萨姆看来，反而是再好不过了。

倘若拉达是一个刚强的少年，总有一天，他会和尤格罗起冲突。然后尤格罗就可能会背叛拉达，另立一个更容易操纵的王子。

但如果拉达是懦弱的，就算成为国王也不会妨碍到尤格罗。拉达大概会在尤格罗的掌心里心满意足地生活，不会抱有任何疑问地衰老而死。既然是对自己这么有利的国王，尤格罗就不会狠毒地对待拉达，因为保护拉达，也就意味着尤格罗可以继续保持自身的英雄地位。再也没有比这个更好的交易了。

然而，即便是老谋深算的罗格萨姆，终究还是在一件事上失算了。那就是尤格罗的野心远比罗格萨姆所想的要大。

尤格罗从吉格罗那里学会“枪之舞”的时候，他突然察觉到一个事实——参加过上一次绿霞石馈赠仪式，并且有机会参加下一次仪式的勇士，在这个世界上已经一个不剩了。

他一边急着赶回坎巴，一边为展现在自己眼前的全新的美梦而心潮澎湃。那些光荣地沿袭并守护着古老习惯的“王之枪”活该死去。他感到自己的眼前，有一片广阔的荒野等着他用双手去开垦。

如果到下一次仪式举行之前，可以养精蓄锐，和年轻的长枪手们建立起信赖关系，那就一定可以积储起足以打倒“山之王”的力量。反正那些害怕、敬重“山之王”的顽固老人已经都到了不会碍事的年龄。

自由地挖取绿霞石，是坎巴人暗中怀有的梦想。如果能让它成为现实的话，自己的名字就永远不会从坎巴人的记忆中消失——这是尤格罗通往成为真正意义上的英雄的道路。

“陛下，请您不要忧愁。”

尤格罗对年轻的国王微笑道：

“明天，我们就会创造坎巴新的历史了。”

苏提·兰又稳又快地在地下水流中游动着。一开始还害怕掉进水里的卡萨也渐渐适应起来，开始有心思环顾四周的景色了。

最让两人吃惊的是，地下洞穴居然是一个充满生命的世界。乍一看好像空无一物的冰冷水流里，有各式各样、大大小小的透明的鱼和虫发着光游来游去。绿白石和白磨石的岩壁上，有无数的洞眼，许多身影在其间进进出出。偶尔还有像口哨声一样动听的声音在洞穴中响起，穿过分岔的洞穴，奏出复杂的曲调后又消失了。

最开始，两人被有生以来从未见过的神奇的地下世界吸引住了，根本没有闲工夫感到无聊。不过随着时间的推移，卡萨渐渐感到有些难受了。

最难受的就是见不着阳光。就算靠托佳露的帮助可以看得见东西，但那温柔得可以渗透全身的阳光却着实让人怀念不已。

第一天的中午，邕萨族领地的牧童在地下水流旁一块平坦的岩石上等候他们，优优把两人交给他以后就回去了。卡萨一看不到优优，心里不安得就像突然裂开个口子似的。

邕萨族领地的牧童，是一个被晒得黝黑的中年男子。他一看到巴尔萨就默默地笑了，说出让人意想不到的话来：

“你不记得我了吗？我可是和你一起玩过的啊！”

“咦？”

巴尔萨吓了一跳，仔细端详着这个矮小的男人的长相。牧童笑着摇摇头说：

“唉，太为难你了，这已经是很久很久以前的事了，那时你才五岁呢。但我可是记得很清楚。你看了山羊以后，就说什么也要骑到山羊背上，大人说什么你都不听，都拿你没办法了。本想敷衍一下，试着让你骑骑看吧，没想到你还骑得真不错，让我大吃一惊呢。”

巴尔萨害羞地摸了摸后脑勺说道：

“咦……我还做过这样的事啊！”

“是啊。所以我听说你死了的时候，简直难过极了……这次听到托托长老捎来的口信，我还吓了一跳呢。我又反复确认了两次，确定你还活着，就怎么都想再见你一面，所以就自告奋勇来承担这个工作了。”

被卡萨笑眯眯地看着，巴尔萨也笑着耸了耸肩。

这个名叫诺诺的牧童，在随着地下水流继续前进的过程中，也对巴尔萨讲了一些他勉强能记起来的零星回忆。

那时自己还是卡纳的女儿……竟然至今还有人记得那时的自己。对巴尔萨而言，这是一种不可思议的感觉。

为了排遣单调旅程中的疲惫，巴尔萨也讲起了和吉格罗逃亡后的生活，有问必答。坐在蜿蜒游动着的苏提·兰背上，穿过到处都是的黑暗洞穴，巴尔萨的记忆鲜明得令人吃惊，总是脱口而出。

诺诺和卡萨就好像是在听古老的传说一样，津津有味地听着巴尔

萨讲查格姆被迫成为“精灵守护者”的故事。

不过，听着听着，诺诺突然认真地低声说道：

“纳由古啊，就是和这个世界在同一个地方，但是平常肉眼看不到的另一个世界是吧。这，说的是诺尤库吧？”

“诺尤库？”

“是啊。我们也知道有这样的一个世界存在，我们把这个世界叫作诺尤库。”

诺诺歪着脖子回过头看着巴尔萨，继续说：

“如果……你们看到了山之底的门的里面，你们就看到了诺尤库。因为平常‘山之王’的宫殿是肉眼看不到的，它存在于诺尤库的世界之中。”

巴尔萨突然苦笑起来。看到她的笑容，诺诺露出奇怪的表情，问道：

“怎么了？”

“没什么。我之前一直都在做保镖，把时间浪费在富商们之间的竞争以及一些无聊的争斗上，但不知道为什么，最近老是和这些只跟咒术师们才有关联的奇妙世界有瓜葛。”

突然，巴尔萨的脑海里浮现出从小和自己一起长大、还是实习咒术师的唐达那张无忧无虑的脸，心想：

如果唐达能够经历这趟旅程，他一定会高兴得要命！那个家伙可是为了探索这个世界的奥妙而活着的。

巴尔萨对肉眼看不到的世界被叫作什么不太感兴趣。不过如果告诉唐达，这里把纳由古叫作诺尤库，他一定会喜出望外。

在地底的旅程中，巴尔萨感觉到，新约格王国那郁郁葱葱、树木繁茂的山中的唐达的家是那么遥远。自从十岁时和吉格罗在那里住下以后，不管走到哪儿，她最后总是会回到那里。对巴尔萨来说，唐达的家是最接近“家”的地方。她脑中浮现出，夕阳斜射到火炉旁的安逸景象。

坐在那个火炉旁，和唐达一起吃火锅的日子还会有吗？

想到接下来将要面临的事，吃火锅的日子好像也变得不太可能了。

如果，我死在仪式场上的话……

唐达会一直在那个火炉边等着自己吧。而且，他可能一辈子都不知道自己发生了什么……

巴尔萨叹了一口气，摇摇头。

这也没办法。不过据说咒术师是可以看到人的灵魂的，唐达，我要是死了就变成灵魂回到你的身边。

时间就这么慢慢过去了。不久，他们迎来了第四天。牧童们按照外面世界的日出日落，告诉巴尔萨他们睡觉的时间，并且叮嘱他们小心不要打乱体内的生物钟。不论是哪一个氏族领地的牧童，都对他们很热情。随着第五天即将到来，两人的话越来越少。

第四天的夜里，有两个王族领地的牧童来迎接他们。

“接下来要走着去了。”

其中的一个牧童是一个上了年纪的老人，另一个则很年轻。巴尔萨和卡萨两人由衷地感谢了苏提·兰，并向它告别以后，重新走在了坚硬的岩石上。

没走多久，他们就来到了一个小小的像广场一样的洞穴。和以往的洞穴有些不一样，这是一个完全感觉不到生命的、寂静的空间。

虽然没有生命的气息，但巴尔萨的全身却有一种奇妙的感觉，就好像这个空间里的空气正在一动不动地看着自己和卡萨。

牧童们也停下了脚步，老人指了指广场深处的一个小洞说：

“那个洞是通往仪式场的，你们进去看看吧。”

说完以后，巴尔萨和卡萨靠近洞口，伸头往里面看。往里只需走几步路的地方，是一个被朦胧的珍珠色的光芒所笼罩的略微明亮的空间。

“明天的黎明时分，国王和‘王之枪’以及他们的随从会下到那个仪式场里。”

“那个发光的是什么东西？”卡萨问。

牧童老人就好像喃喃自语一般说道：

“仪式场的岩壁是有生命的。随着仪式之日的临近，岩壁就会像那样散发出朦胧的光。‘王之枪’在这样的光亮中比试长枪，从中选出的‘舞者’呼唤完索鲁以后，那处光亮就会消失，彻底的黑暗就会来临。”

老人看着巴尔萨，问道：

“听说你是吉格罗·穆萨的养女？”

“是的。”

“三十五年前，就是从这个洞口，我看见过吉格罗的长枪比试。真是无懈可击的长枪之技啊。”

巴尔萨点点头。老人又把目光移向卡萨，问道：

“拉古·邕萨的信，是你带着的吧？”

卡萨点点头，从怀里取出山羊皮的卷轴。绑卷轴的绳子用印有拉古印章的蜡封了起来。

“好的。你们听好了，把这个给他们看的机会只有一次。如果在长枪比试开始之前现身，国王会认为你要破坏仪式的举行，到时候所有的人都会攻击你，你是没有办法逃得掉的。

“但反过来，如果‘舞者’已经呼喊完索鲁，仪式场陷入彻底的黑暗之中，你也无法读信。

“所以，你能出声的机会，只有在‘舞者’报完自己的姓名，还未呼喊索鲁之前的这极其短暂的片刻。‘舞者’选出来以后，其他人就必须把长枪放在地上，这时候，不管发生什么事情你都逃得掉。

“就算他们试图攻进门内，在‘枪之舞’完成，索鲁打开门之前，他们还是要遵守仪式规定的。”

卡萨觉得恐惧感从心底深处涌了上来，他紧紧地握住羊皮卷轴，点点头。牧童老人见了，第一次露出了一丝笑容，说道：

“很好。那么，今晚你们就在这里休息吧。虽然可能会睡不着，但闭上眼躺一会儿也好。国王他们要进来的时候，我会来叫醒你们。”

年轻的牧童把装满干草的袋子和羊皮背包放下来，迅速地替两人铺好床铺。

卡萨躺在床上，丝毫没有睡意，明天要出声呼喊的话一次又一次地在他脑海中响起，胃里仿佛有一块冰冷的木板。只要有些许风吹草动，闭上的眼里就会忽然闪过一道光。

卡萨在床上翻来覆去。巴尔萨从旁边的床上伸过手来，轻轻地摩挲着卡萨的肩膀……这是一双很温暖的手。在巴尔萨缓缓的抚摩中，卡萨觉得自己的身体渐渐地放松了下来。

地底的寂静逐渐渗透到体内，不知不觉，卡萨进入了梦乡。

仪式开始

黎明时分，王城后面的洞穴传来了奇妙的笛声，高昂的笛声直冲云霄。这被称作“山之王的笛声”，是宣告仪式开始的笛声。

洞穴前面的广场上，已经有五百名士兵拿着长枪和火把整齐地排列在一起了。国王穿着仪式用的白色礼服，“王之枪”以及他们的随从也都身着绣有各自氏族徽章的盛装，沿着士兵列队中间的道路往前走。

传说这个洞穴是雷神约拉姆用手劈成的，是高耸的岩山的一个巨大的裂口。

雪不停地下着，已经是黎明了，天空却还有些昏暗。祭祀雷神约拉姆的祭司，平静地进行着将雷神的力量赐予国王和“王之枪”们的仪式。

加姆嘴里哈着气，望着尤格罗叔叔那像鹰一样精神饱满的侧脸。那张脸上，不见激动的神色，也不见紧张的神色。

所有的一切都像做梦一样，奇妙得没有真实感。在灰色与白色的世界里，只有岩山和洞穴黑得醒目，甚至连火把晃动的火光，在细雪中都变得朦朦胧胧。

尤格罗感受到自己身后五百名士兵的力量。攻入地底之后，这些士兵几乎都会惨死吧。虽然国王的亲属会大骂尤格罗，说他白白牺牲精锐部队是非常愚蠢的行为，但他们根本就没有阻止尤格罗的力量。尤格罗集合了各个氏族的军队培育出的最厉害的战士，甚至连军队的每一个细节都牢牢掌握在他手里。

所有人，就连痛恨尤格罗手握大权的国王的亲属们，都不得不承认他杰出的才能。尤格罗长枪上的金环闪闪发光，他那高大的身体看起来稳重又充满自信，散发着耀眼的光芒。被这光彩所迷惑的所有人，都没有觉察到在这个英雄的身上，有一部分心思已经突然飘走了。

尤格罗现在完全没有把在他身后哈着气、害怕即将惨死的士兵们放在心上。他看着祭司颤抖的手，耳中响起的却是人群迎接自己打倒“山之王”后凯旋的欢呼声。

祭司的仪式结束后，尤格罗让年轻的“王之枪”们围成一个圆圈。

“到时候了，‘王之枪’们，坎巴最厉害的长枪手啊，到了需要用你们精湛的武技让贫穷的坎巴变得富裕的时候了。”

尤格罗以出自丹田的气息，沉稳而有力地向众人发出呼吁:

“你们千万不要忘记，下到仪式场的黑暗之中后，要不停地念诵歌颂‘山之王’的诗歌。要发自内心地、真心诚意地念诵，知道了吗？”

年轻人们紧张地点点头。因为要是失败的话，等待他们的就只有死亡。

尤格罗看着侄子苍白的脸。他知道加姆一直担心他会选自己的儿子西姆做随从，而不是选加姆。

真是个笨蛋。

尤格罗在心中嘟囔着。加姆和吉格罗很像，是一个一条道走到黑的老实男人，连让他代替自己的儿子去置身于危险之中的想法都没能看穿……

“好了，出发吧！雷神约拉姆啊，请赐予我们光明的庇佑！让我们的长枪化为闪电！”

尤格罗高高举起长枪的金环。“王之枪”们立刻把自己的金环贴在上面，大声地祈求雷神约拉姆的庇佑。

卡萨和巴尔萨蹲在岔道的洞穴里，俯视着逐渐明亮起来的仪式场。在寂静到令人耳痛的环境中，他们只听得到自己的心脏所发出的巨大的心跳声。

接着，响起了好几种声音重叠在一起的复杂声响，像是牧童的口哨声一样。

是洞穴在吹出笛声……

卡萨突然想到：

这是把岔道的洞穴当作笛子，整座洞穴正在吹奏美妙的笛声……

笛声一消失，寂静重新笼罩了整个洞穴。在很长的一段时间里，两人只能在这片寂静中一直等待着。

一阵脚步声打破了这片寂静。长靴踩在岩石表面的声音从他们脚边传来，终于，开始有人影在仪式场中晃动起来。

长长的影子一边晃动，一边围成一个圈。当所有的影子都停下来的瞬间，场中传来了纤细尖锐的声音。这个声音因为紧张，凄惨地颤抖个不停。

"'山之王'啊！太阳底下的坎巴王来了！我……我率领着我的长枪手来了！希望展现我们长枪的精彩技法和内心的真情！"

当声音沿着岩壁传开的时候，人影开始移动起来。伴随着呐喊声，影子们激烈地到处晃动，长枪枪柄撞在一起的声音响亮地回响起来。

巴尔萨和卡萨两人悄悄地探出头看着这场比试。微弱的亮光下，脸上还残留着稚气的少年随从和壮年的"王之枪"正用长枪激烈地交锋着。随从虽然动作也颇为流畅，但仍不是武技娴熟的"王之枪"的对手。

轮到加姆上场了。加姆淋漓尽致地展示了他的武技，虽然打败了第一位“王之枪”，却被第二个男子打落了长枪。

这么看来，当年只有十六岁的吉格罗能连胜到最后，果然是非比寻常的。

不久，尤格罗以沉稳的表情走进比试场。就在他呼地挥动长枪摆好架势的瞬间，巴尔萨吃了一惊。长枪武技里，每个氏族都有自己独特的动作。看到尤格罗的动作，就好像是看到了吉格罗的动作一样。

“王之枪”们的武技没有明显的差距，他们每人都有几个漂亮的招数。但是，尤格罗的武技还是要高出众人一筹。

卡萨惊恐地看着接连的对战一一分出胜负，额头上不停地冒着冷汗，浑身似乎僵住不能动弹了。

还没有到时候……

他看到尤格罗的长枪挑起并打落对手的长枪。

还没到时候……

尤格罗用长枪柄前端的金属箍咚地敲了一下地面。

以此为暗号，其他的武士把自己的长枪放在了地上。

接着，传来了与刚才国王的宣言完全不同的、响亮而有力的声音：

“我就是最优秀的长枪手——尤格罗·穆萨。”

话音未落，巴尔萨砰地拍了一下卡萨的肩膀，卡萨感觉自己从岔道的洞穴里滑了下去。仪式场上鸦雀无声，他的双脚碰到地面的时候，发出了巨大的声响。

正围成圈看着尤格罗的男人们吓了一跳，回头向发出声音的地方望去。他们看到卡萨后都不禁目瞪口呆。

“卡萨？”

加姆不由得轻轻喊出了声。卡萨深深地吸了一口气，立刻将紧握的卷轴高高举起，大声地报上自己的姓名。

“我是穆萨族童诺之子卡萨。邕萨族的长老拉古有一封非常紧急的信要我送给国王陛下！”

谁都没有动，男人们目瞪口呆地看着卡萨。大家都不知道到底发生了什么事。

卡萨什么也顾不上了。他环顾了一下四周的男子，找到了穿白衣、戴王冠的年轻人以后，便要朝着他跑去。

“站住！”

卡萨发现尤格罗用长枪枪尖对准了自己，便停下了脚步。

“这到底是什么陷阱？你这个家伙，是不是地底下怪物的化身？”

“不……不是的！尤格罗大人。”卡萨拼命地叫道，“参加过上一次仪式的拉古大人，托我带来一封可以救大家性命的信。国王、‘王之枪’和随从们，你们被骗了！这样下去的话，坎巴会灭亡的！陛下，请您务必阅读一下这封信！”

尤格罗正要挥动长枪，不知道谁从后面跑来，紧紧抱住尤格罗，使他动弹不得。尤格罗扭转身体，想要看清到底是谁在阻止他。

“干什么？你个混账！加姆，你是不是也疯了？快放手！”

但加姆死死抱住尤格罗，丝毫没有松手，大声说道：

“叔叔大人，您这是在做什么？您想用长枪刺卡萨吗？”

“你这个蠢蛋！不要被他骗了！那不是卡萨，是怪物的化身！他在试探我们！”

“如果他不是呢，怎么办？如果他真的是来送拉古大人的信呢？拉古大人知道山之底的秘密，说不定是让他来告诉我们……我们还不知道的、对这场仪式有用的事呀。”

男人们喧哗起来，卡萨面向国王说道：

“陛下！到底是我对，还是尤格罗大人对，请您读了信的内容以后再做决定。”

尤格罗扭转身体回头看着国王，说：

“陛下，您不要上他的当。这是让我们退缩的陷阱。”

国王惶恐不安地看看卡萨，又看看尤格罗。卡萨看到他脸上浮现出害怕的神色，便对他喊道：

“陛下！如果您不读这封信，会毫无疑问地死在这里。这封信是为了救您而写的，请您相信我！”

国王嘴唇颤抖，呼吸急促。

“陛下，请想想我们的誓愿！”

尤格罗浑厚的声音响了起来。

“相信我，请相信一直在守护着您的我。”

看到仿佛就要被说服点头的国王，卡萨大叫：

“不可以，陛下！如果您现在不看这封信，您会被索鲁杀死的！不只是您，这里所有的人，都会被杀死的。”

国王吃惊地看着卡萨，卡萨带着哭腔对他喊道：

“陛下，请您不要让大家都送命！不要让坎巴灭亡！”

尤格罗环顾了一下“王之枪”，口气强硬地说道：

“来人呀，把这个家伙给我抓起来。你们都忘了许下的誓愿吗？你们是为了什么才来到这里的？”

尽管有所犹豫，几名武士还是朝着卡萨迈出了脚。

“不行……”

国王和“王之枪”们的心都被尤格罗牢牢抓住了。特别是国王，就像一个年幼的孩子般依赖着尤格罗。这样下去，不管再怎么呼喊，国王最后也一定会听尤格罗的。

卡萨下定决心。

他往后跳到岩石旁，扯掉卷轴的绳子，很快地甩了一下，然后展开卷轴，高举着大声念了起来：

“曾经参加过山之底仪式的我——拉古，要在这里说出仪式的秘密。在‘舞者’呼唤索鲁之前，希望大家可以听到这些话。”

朝着这边走来的“王之枪”们，有些犹豫地停下了脚步。

“索鲁并不是‘山之王’的家臣，而是离开这个世界的、你们的……”

就在此刻，注意力原本集中在卡萨身上的加姆，突然觉察到尤格罗的身体沉了下去，瞬间，自己就被抛到了空中，随后又重重地摔在了岩石地面上。加姆勉强招架，但因背部受到猛烈撞击，很快便失去了知觉。

这时，尤格罗的长枪嗖地直冲卡萨而去。举着卷轴的卡萨无法躲闪，眼看着尖利的枪尖就要刺到自己的腹部……就在这时，响起一声尖锐的铿锵声，一道拖着白光的枪尖刺到了旁边。

还没想明白发生了什么，卡萨就被撞飞，摔倒在地。

尤格罗感觉到自己的长枪在手里扭动，之后便被拔了出去。接着，长枪脱离了尤格罗的手飞到空中，发出冰冷的声响后落到地上。

事情发生得太快，莫名其妙的尤格罗目瞪口呆地盯着手拿长枪对着自己的人影。

“是你……”

尤格罗觉察到这个人影是谁的时候，大吃一惊。

巴尔萨将白色的枪尖紧紧地顶在尤格罗的喉咙上，站了起来，说道：

“好久不见啊，尤格罗先生。上一次见面，还是在吉格罗去世的三年前吧？”

尤格罗的脸色立刻变得刷白。

“你说是你杀死了吉格罗？开什么玩笑！吉格罗是病死的，是我握着他的手送他走的。”

“王之枪”们开始小声地议论起来。

巴尔萨看了看表情僵硬、惊呆了的国王，说道：

“陛下，我的父亲是您的伯父纳格王的御医卡纳　邕萨，我是他的女儿巴尔萨。我的父亲被你的父亲罗格萨姆王派人暗杀，却被伪装成是被强盗杀害。我当时也差一点儿被杀，是吉格罗·穆萨救了我，养育我长大。”

议论声更大了。在一片骚动中，只有尤格罗一人一动不动地盯着巴尔萨。

尤格罗只在瞬间感到了一丝惊慌。在巴尔萨说话的这一小段时间里，他已经想好了脱身的办法。

不久，尤格罗从嘴里吐出了一句话：

“真是个……愚蠢的东西，你觉得我们会上你的当吗？”

摸不清尤格罗到底想说什么，巴尔萨皱着眉头。

尤格罗继续沉稳地说道：

“先是卡萨，之后又是吉格罗的养女，山之底会显现各种各样的幻觉来考验我们。‘山之王’的使者，你们听好了，‘舞者’已经决定由我来担任。不管你们怎么来考验我们，‘王之枪’里都没有会因此而动摇的蠢蛋。”

接着，尤格罗忽然回头看着“王之枪”们，说道：

“没错吧？‘王之枪’们，坎巴最厉害的长枪手们，不论发生什么事，你们都会相信我的吧？”

看得出来，尤格罗身后的“王之枪”们有些犹豫。

“我相信你们。”

尤格罗平静地说完，忽然举起双手说：

“来吧，地底下的怪物们。如果你要杀我，就杀吧。如果，这真的是你们的王所期望的。”

这个男人……

巴尔萨茫然地看着张开双手站着的尤格罗。

这个男人，才是个怪物。

这个男人，丢失了什么——什么特别重要的东西。对自己有利的谎言，他可以脱口而出，并且说得就像发自肺腑的真话一般……

巴尔萨现在清楚地体会到了……这个男人，完全没有因为背叛自己的亲哥哥吉格罗成为英雄而感到耻辱。

一想起吉格罗为能把“舞者”传给这个男人，并把金环交给自己弟弟而露出的欣喜不已的表情，一股恶心的感觉就从巴尔萨的心底涌了上来。

这个无耻的男人，把巴尔萨遍尝过的沾满鲜血的所有痛苦都当作自己晋升的阶梯。

因为杀死朋友而哭得浑身抽搐的吉格罗的脸；那些饥饿的日子，在泥泞中睡觉的日子；那些吉格罗为了赚取维持生活的金钱，用长枪刺向别人的瞬间……过去的一幕幕清晰地浮现在巴尔萨的脑海中。

从小就已经在巴尔萨的心中不断燃烧着的愤怒，现在突然剧烈地蹿出了火焰，她已是怒火中烧。

巴尔萨迅速用长枪的枪尖贴着地面，把尤格罗的长枪挑起来，朝尤格罗扔了过去。尤格罗接住长枪，皱起眉头看着巴尔萨。

巴尔萨的脸上浮现出一丝冷笑，她盯着尤格罗，说道：

“你还真了不起。论口才，我远远不是你的对手。

“如果你坚持说我是山之底的臣民，我无所谓，我就陪你演戏吧……但是，‘舞者’就一定是最强的长枪手吗？”

巴尔萨呼地挥动了一下长枪，突然停下来摆好架势说：

“亲自来体会一下真正的吉格罗长枪是怎么一回事吧。”

巴尔萨气沉丹田，大声地吼道：

“穆萨族的尤格罗，被吉格罗养育成人的邕萨族的巴尔萨现在要向你挑战。索鲁，你给我好好看清楚了，我们之间谁才是真正的‘舞者’！”

巴尔萨一说完，仪式场的光线忽然暗了下去……仪式场上的每一个人，都毛骨悚然地环顾着四周。

不知不觉中，人影多了起来。颜色比男人们的影子还要浓厚的影子，早已伫立在他们的身后。

祭奠的“枪之舞”

仪式场里一片寂静，黑影一直凝视着站在仪式场中央的两个人。

“看样子……好像是回应了我的呼喊哦。”巴尔萨低声说道。

尤格罗的嘴角立即浮现出笑意，说道：

“好像是吧。好，我接受你的挑战。放马过来吧。”

一个女人，还这么狂妄……

尤格罗在心中笑道。

你这块绊脚石，是你自己把喉咙暴露在我面前让我来杀你的。

就在尤格罗这么想着的一刹那，他吓了一跳，缩了缩身体。一道白光从他的喉咙边掠过……还未感到灼热的疼痛感在喉咙周围蔓延，无数道白光已朝着自己的喉咙逼近。

尤格罗没有时间思考，使劲往后跳着躲开。

霎时，他全身像冰一样冷。尤格罗不知道，还有这么悄无声息、这么迅速准确的能够直抵喉咙的长枪招数。

尤格罗睁开眼睛，呼吸急促，轻视巴尔萨的念头已然消失得无影无踪，剩下的，只有认真升起的杀人念头。

“我要杀了你……你给我从这个世界上消失！”

尤格罗深深地吸了一口气，发出了一声让周围的人都战栗的吼声。

巴尔萨感觉一道白光朝着自己的喉咙刺来，猛地弯下身躲开。瞬间，尤格罗的枪尖消失了……正想着，转眼间，枪尖又从下面挑了上来。

巴尔萨反射性地用枪柄挡开了尤格罗的枪尖，立刻以从下往上抄的动作挥动长枪，击向尤格罗的膝盖。尤格罗跳着闪开，把长枪从上面刺下来。虽然挡开了，但这一击却激烈而沉重，巴尔萨感觉手被震麻了。

厉害……

巴尔萨的脖子变得冰冷、发麻。尤格罗的枪尖像蛇一般逼来，从左、从右、从斜下方，不让人有半点儿可乘之机。

巴尔萨一边挡开他的攻击，一边逐渐向前逼近。

两人在力量上几乎不相上下。

“王之枪”们、卡萨，还有终于恢复意识的加姆，都像被冰冻住了一样停下了所有的动作，目不转睛地看着像闪电互击般激烈的交战。

朝着彼此的喉咙刺下去的枪尖不断地交错着……一刹那，尤格罗的下巴和巴尔萨的脸颊上都溅上了血。

因为受伤，尤格罗转过脸去，但巴尔萨没有停止攻击。这个差别决定了胜负，巴尔萨利用尤格罗转过脸去的间隙，刺出长枪，枪尖深深地刺穿了尤格罗的右肩。她朝尤格罗的胸口狠狠踢了一脚，拔出自己的长枪。

尤格罗呻吟了一声，疼得在地上翻滚不已。巴尔萨喘着粗气走近尤格罗，强烈的愤怒令她太阳穴上的脉搏咚咚地跳个不停。

“我要杀了你……”

低头看着按着肩膀不断呻吟的尤格罗，巴尔萨低声说道。接着，她举起长枪，打算使出全力一刺……

就在这一瞬间，一切光都消失了。就仿佛被吹灭一般，光亮完全没有了，仪式场沉入了完全的黑暗之中。

巴尔萨感觉自己要刺向尤格罗的枪尖被挑开了，她往后退了退。接着，她就像被冰冻住了一般无法动弹。

在尤格罗摔倒的附近，伫立着一个模糊的青色人影。他背对着巴尔萨，拿着长枪低头看着尤格罗。明明是处在什么都看不见的黑暗之中，巴尔萨却实实在在地感觉到了他的动作。她的头发竖了起来，手臂上也起满了鸡皮疙瘩。

不会吧，不可能有这样的事。

巴尔萨在心里喃喃自语。因为站在对面的模糊的青色人影，和一个绝不可能出现在这里的人的背影，实在是太像了。

卡萨高声念出的拉古信中的话在巴尔萨耳边回响起来：

“索鲁并不是‘山之王’的家臣，而是离开这个世界的、你们的……”

尤格罗冷得要命，牙齿冻得直打战，他抬头看着正往下盯着自己的青色人影。寒冷让他连伤痛也感觉不那么剧烈了。

这是什么？我是在做梦吗？

尤格罗往后退了退。那双在黑暗中看着自己的眼睛，是他非常熟悉的男人的眼睛。

“你……还活着？”

但是，低头看着他的影子，一点儿也没有血肉之躯的生气。

他因恐惧和疼痛而逐渐发麻的头脑里，响起了拉古曾经告诉过自己的关于索鲁真实身份的那些话。

在身体就像被紧紧捆绑住的恐惧之中，尤格罗突然明白了：

原来……是这样啊。你就是索鲁啊。现在我来祭奠你，你给我回到黑暗之底去吧。

尤格罗对着青色人影，低声说了一些柔和的、敷衍的话——可以让人真心接受，并且愿意平静地回到那个死亡之国的话。

“哥哥，你是在恨我吗？是啊，虽然我的所作所为乍看或许奸诈狡猾，但是我想，哥哥你是可以理解我的。在那种毫无办法的情况下，为了挽回穆萨族的名誉，我只能那么做。

“你很痛苦吧，哥哥……你痛苦得难以忍受吧？哥哥的痛苦——你的难过——从现在开始，我会让它们消失的。

“哥哥，请你打开通往‘山之王’宫殿的大门。为了坎巴的民众，为了让坎巴的民众过上幸福的生活。你明白吗？这也是哥哥你可以得到救赎的唯一道路啊。

“如果你能这么做，坎巴就会得到新生，成为富裕的国度，再也没有饥饿的人！

“好吗？你应该懂吧，哥哥！如果那样，坎巴所有的人，都会感谢你的啊！哥哥背负着罪名死去的劣迹也将变成一个悲剧流传下去。而哥哥的人生，也会变成充满意义的人生！”

尤格罗充满期待地抬头看着人影。

但是，人影没有回答他，尤格罗的话仿佛丝毫没有打动人影的心，影子只是一动不动地用那双昏暗的眼睛凝视着尤格罗。

看着这双眼睛，尤格罗火冒三丈。

这个笨蛋。

尤格罗在心里想着。虽说吉格罗选择的那条路的尽头，是个没有出路的悲剧般的困境，可人都死了还仍旧放不下，真是个可怜的男人。这样的笨蛋，却反过来怨恨我……

这个傻子！他根本不知道自己有多愚蠢，白痴！

心中一直紧绷的什么东西断裂了，压抑至今的愤怒喷涌而出。

混账东西……开什么玩笑，我才是心怀怨恨的那个人！你知道你因为对别人女儿的无聊的同情，从坎巴逃走以后，我过的是什么日子吗？

总是要看别人的眼色，躲藏在阴暗处谨小慎微地活着，那个时候我的心情，你明白吗？我，一直恨透了你！

熊熊燃烧的愤怒在心中蔓延开来……与此同时，尤格罗感觉到自己的手不听使唤地伸到背后，拔出短剑来。虽然有一瞬间他心想自己必须停下来，但想要把这个家伙狠狠劈成两半的念头盖过了理智。

尤格罗从侧面将短剑挥出，向这个人影的脚上砍去。

一砍上去，灼热的疼痛感就在自己的脚上蔓延开来。尤格罗大叫一声，黑暗中充满了血的腥味。心脏每跳动一次，血就从脚上的伤口喷涌而出。

开什么玩笑！为什么我会受伤？

尤格罗一边喘着粗气，一边往后退。过度的恐惧，让他失去了判断力。

给我消失吧！消失吧，你这个家伙！你已经死了！到底要妨碍我到什么时候你才甘心？只要你消失了，我就能流芳百世！

尤格罗一边抽泣，一边在黑暗中摸索自己的长枪，最后把长枪拉到了手边。

他感觉到人影严严实实地笼罩在自己身上，并且看穿了自己的心。他在心里叫道:

如果你是哥哥，就该把绿霞石拿出来交给因为你而吃尽苦头的弟弟，来补偿他！

尤格罗对眼前的人影只感到强烈的憎恨，他一心只想把妨碍他的人、伤害他的人都消灭掉。尤格罗心中骂道：

给我消失吧！永远地，消失到黑暗之中去！

那一瞬间，巴尔萨感觉到黑暗中流露出深深的悲哀。好像挨了一击一般，巴尔萨打了个趔趄——因为那太过痛苦的感觉是她无法忘记的。

吉格罗在杀死朋友的瞬间，巴尔萨从未移开过自己的视线，一直看着这一切。在那一瞬间，巴尔萨能感觉到从吉格罗的后背和肩上渗透出的情感，那是一种可以用手触碰到的清晰的悲伤……

现在，巴尔萨感觉到，从覆盖着尤格罗的索鲁身上散发出的悲哀的浪潮，宛如激流般涌了出来。

他会杀了尤格罗的，同样也会因此而感到悲伤。

巴尔萨这么想着，像弹射般地跳了出去。

尤格罗将捡起来的长枪狠狠地刺出，而索鲁就好像是镜中的自己一样，立刻也用完全相同的动作将长枪刺了过来。

就在长枪的枪尖将要刺中尤格罗的那一刹那，巴尔萨用长枪挑开了索鲁的长枪。

巴尔萨把索鲁的长枪往上弹开，长枪在空中画了一个圆。巴尔萨飞跨过尤格罗，站到了他的左边。

索鲁把长枪收回来对着巴尔萨和尤格罗，在他突然停下动作、和巴尔萨面对面的瞬间，巴尔萨清楚地知道了他是谁。已经没有什么好怀疑的了。十几年来，他们面对面地用长枪交锋过数千次，那气息太熟悉了……

吉格罗……

一股热流涌上喉咙。

不可以杀死尤格罗。

巴尔萨在心底喃喃自语。

杀了他，你的灵魂会永远背负着悲伤。

从吉格罗的身影里，静静地、静静地渗透出愤怒的感情。人影虽然一言不发，但散发出来的气息远比语言更为清晰。

突然，长枪划破黑暗刺了过来。巴尔萨吃了一惊，慌忙接下这一招。在躲闪着这令人眼花缭乱的攻击时，两人的长枪开始缠绕在一起，又互相弹开，不知不觉中，已经变成了宛如舞蹈般流畅的动作。

“‘枪之舞’开始了。”

卡萨的耳边响起了牧童老人的低语。

尽管场中完全黑暗，人的感情却像闪电一般，撼动着包括卡萨在内每一位在场者的内心。巴尔萨和索鲁的感情彼此交织，舞出令人眼花缭乱的枪舞。对他们来说，与其用眼睛看，不如用心去感受会更清楚。

牧童再次低声说道：

“卡萨，祈祷吧。祈祷巴尔萨可以祭奠索鲁……”

舞着“枪之舞”，巴尔萨陷入了一种不可思议的感觉之中。她明明完全听不到声音，却能借着长枪的一次次攻击，感受到自己喷涌而出的感情。

巴尔萨没能躲开吉格罗激烈刺过来的长枪，她感到腹部一侧有一股灼热的疼痛感传来。这一刻，伤口渗透出吉格罗压抑不住的憎恨。

吉格罗在恨着自己……

这对巴尔萨是一个意想不到的打击。但是，她在心里其实早已隐隐约约地感觉到了。

要是没有巴尔萨的话……

吉格罗一定无数次地压抑着自己这个想法吧。

如果没有这个累赘，没有必要保护这个年幼的小女孩，吉格罗就不需要接连杀死自己的朋友了，甚至根本就没有必要逃离坎巴。

打乱他人生的人，不光是罗格萨姆，巴尔萨也是其中之一……

每当没能躲开毫不留情地刺向自己的长枪时，巴尔萨都会感到一种被撕裂般的剧烈疼痛，这是深入骨髓、无法忍受的疼痛。

黑暗中八位索鲁拿着长枪伫立着。从他们身上，也涌来憎恨的浪潮。

要是没有你，我们就不会无端地英年早逝了。他们如此地喃喃自语。

噬骨般的疼痛，直钻进巴尔萨的心底。

但是，在这种疼痛钻进内心深处的同时，忽然间，就像转了一个身一样，又有另外一种东西从心底涌起。那是一种心如刀割般强烈的愤怒。

“你们说……我能做什么？”

巴尔萨用尽全身力气弹开刺过来的长枪。

“那个时候我才六岁！”

然后，她借着愤怒，将长枪粗暴地投掷向吉格罗，吉格罗接下她的长枪时那坚硬的感觉传递到她的手上。

“你是要说如果我没有被生下来就好了吗？还是你自己去死就好了？”

那是赤裸裸的愤怒。过去一直埋藏在心底——连对自己都一直隐藏着的愤怒，毫不掩饰地发泄出来。巴尔萨就像发疯似的挥动着长枪。

“我又没求着你救我！是你自己愿意来的！”

吉格罗的手臂似乎被长枪擦到，往后退了退。

“你以为我不知道吗？每当你杀死朋友的时候，我都感觉得到你在恨我。我一直感觉得到。”

巴尔萨的嘶喊也转向了其他八位一直一动也不动地看着他们的索鲁。

“你们的死，让我也觉得很痛苦，痛苦得我都受不了了！这是我绝对补偿不了的。正因为如此，这也是我心中永远都消失不了的痛苦。”

巴尔萨的长枪划破了吉格罗的侧腹。

“你……死了以后，我也一直背负着这个重担，活到现在！”

弹开吉格罗刺来的长枪，巴尔萨大叫了一声。

被巴尔萨的长枪划到，吉格罗的胸口上出现了一道大大的裂痕。

如果深深地刺进去，吉格罗就会消失。

巴尔萨感觉到她好像看到了吉格罗在黑暗之中凝视着自己的眼睛。

杀了我吧——她仿佛听到这样的声音。

那个声音好像在说：倾注你所有的愤怒，杀了我吧。然后，走向愤怒的另一端去。

那一瞬间，好像雨水一点一点地滴落在暴晒于愤怒下的干裂的沙地上一般，她的胸中溢满了微微有些暖和的哀伤。

雨雪交加的寒夜，连睡觉也会冻得瑟瑟发抖的日子里，在商铺屋檐下的泥泞中紧紧抱着自己的吉格罗，他身上的味道和他的体温，巴尔萨的肌肤现在重新感受到了这一切。

饱含着悲伤，痛苦地呻吟着——即便如此，吉格罗也一直抱着巴尔萨，紧紧地抱着她活了下来……

巴尔萨明白了吉格罗的动作好像是在诱使她向自己发动攻击。所以当她感觉到吉格罗的长枪笔直地刺向自己的心脏时，她停下了所有的动作。

吉格罗的长枪刺穿了巴尔萨的心脏。疼痛炸裂似的蹿向全身，巴尔萨感受到了自己的死期。在这死亡的痛苦中，巴尔萨朝吉格罗摇摇晃晃地走过去，紧紧抱住了那个黑影。

巴尔萨全身沉浸在这熟悉的味道和温暖的体温中。她对吉格罗的思念，以及吉格罗对她的思念，化为温暖的气息，交融在一起。

她在心里听到了吉格罗的低语。

再见了，巴尔萨。

刹那间，从巴尔萨紧紧抱住的吉格罗的身体里，发出了微微的青色光芒，并迅速地扩散开来。

那一刻，伫立在仪式场黑暗之中的索鲁们身上也同时发出了青色的光芒。卡萨目瞪口呆地看着这一切，突然发现脚下的岩石地面消失了。国王发出惨叫。“王之枪”们也纷纷看向自己的脚下，不由得蹲下抱紧自己的身体。

他们正浮在水面上，胸口以下是一片深不见底、清澈得吓人的水。由于太过清澈，让人感觉像是飘浮在空中。但不可思议的是，众人却完全感受不到水的冰冷。

巴尔萨的的确确是被吉格罗的长枪刺穿了心脏，身体也还残留着剧烈的疼痛，但却完全感觉不到血从胸口流出，甚至连血腥味也没有。

接着，吉格罗就像是融化一般从她的手臂中消失了。他变成一道青光，很快就消散在空中了。吉格罗的体温从她的手臂和胸前穿过，就像蜡烛的火焰熄灭后的一缕细烟，唯余寂寥。

他和其他索鲁变化而成的青光聚成一束，轻轻拂过巴尔萨后，又轻快地移向漂浮在水中的其他人身边，将他们包围，最后融入水中。

在触碰到这青光的一瞬间，一股暖意和告别之情渗进每一个人心里。很久以前就已经离开这个世界的、怅然逝去的父亲和兄长以及叔

叔们的思念，抚摩过他们后便消失了。

众人目瞪口呆地目送着青光融入水中。不久，青光轻快地蔓延开来，渗进周围淹没在水中的岩石里。

顷刻，岩石发生了变化。先前一直是再普通不过的灰色岩石，开始发出闪烁的青光。

众人意识到自己看到的是什么时，就好像被闪电击中，惊得目瞪口呆。

绿……绿霞石！

每个人的身体都被透明的青光包裹着。一位“王之枪”轻轻地伸出手想去触摸绿霞石，可手伸了过去，却无法触碰到。

接着，巴尔萨看到深深的水底有什么东西在蠕动着。

青光一闪一闪，有一个巨大的东西在缓缓地打着旋儿……

“苏提·兰？”

巴尔萨一瞬间以为是苏提·兰，但立刻就发现不对。那样的身躯对苏提·兰而言实在是太大了……而且也太过透明了。

众人目瞪口呆地看着这个生物用身体蹭过岩石表面，乘着螺旋状的旋涡缓缓地游了上来。

这是一条大得可怕的透明水蛇，没有眼睛，甚至连内脏都是透明的，就像一条用水做成的水蛇。不过，它的鳞片上到处都散发着青光——与其说是恐怖，不如说是神圣庄严的美丽。

泉底的一面岩壁闪闪地发着青光，数量多得吓人的绿霞石在静静地闪烁着。

水蛇每用鳞片蹭一下岩石，绿霞石就会一点点地附在它的鳞片上闪闪发光。同时，水蛇每打一个旋儿，充满灵气的水也会渗透到周围的地上。

所有人，哪怕是胆小的国王也一动不动，好像被迷住一般，大家都目不转睛地凝视着起舞的巨大水蛇。堆积在仪式场上的拉嘎和肉干摇摇晃晃地沉入水中后，也散发出朦朦胧胧的青光。

坎巴人倾注在贡品中的诚意化成了光——卡萨是这么想的。

水蛇轻快地吞下了那道青光。

巴尔萨感觉好像在那片有如珍珠贝一样摇曳着光芒的鳞片上看到了吉格罗的脸。也许是自己的错觉，但那张脸不是巴尔萨所熟悉的吉格罗阴郁的脸，而是很像卡萨的开朗明亮的脸。

她的眼里忽然溢出泪水。

巴尔萨用手捂着脸，无所顾忌地大声哭了出来。

水蛇的舞蹈开始慢慢起了变化。鳞片的表面有如泛起涟漪般微微颤动，鳞片每蹭到岩石的表面，就会一点儿一点儿地泛起褶皱。

啊……

卡萨好像想到了这是怎么回事。

它在蜕皮！

水蛇的鳞片一边像彩虹一样散发着摇曳的光芒，一边缓缓地脱落下来。它看起来像是在一面蜕皮，一面慢慢消失不见。那是因为一部分身体还没有吸收绿霞石，因此透明得跟水没有两样。

水蛇优美地蜕掉一层皮以后，众人感受到了它的一种情感——

一种宛如父母思念自己的孩子一般温暖的情感。

漂浮在水上的众人被这种情感包围着，全身颤抖。

不久，水蛇缓缓地摇晃着回到了水底，只剩下摇曳着青光的美丽蛇皮漂浮在水中。

卡萨突然领悟到应该做什么，他对着被青光吸引、一直呆望着的国王大喊道：

“陛下！”

国王愣愣地看着卡萨，卡萨指了指水中的蛇皮说：

“那就是绿霞石啊，是‘山之王’的礼物。”

国王眨了眨眼看着卡萨，又看了看漂在水中的水蛇的巨大蛇皮。

“我……我去取吗？”

国王看卡萨对自己点头，他求救似的寻找尤格罗的身影。但是，到处都找不到尤格罗。国王紧张地咽了口口水，就在他犹豫不决的时候，发着青光的蛇皮已经开始缓缓下沉。

卡萨急得大吼：

“陛下！你是想让坎巴的民众都饿死吗？”

国王吃惊地看了眼卡萨，然后深深地吸了一口气，潜入水中。

国王的手抓住了蛇皮，但由于蛇皮太过巨大，国王根本就拿不住。不过，国王还是拼命地想要抱着蛇皮游上来。

“王之枪”和他们的随从面面相觑，看着巴尔萨和卡萨。

他们彼此点了点头，一起潜入水中。虽然事先没有商量过，但他们自动地围成一个圆圈，协助国王抓住蛇皮，用尽全身的力气游了起来。

蛇皮重得让人感觉不到他们是在水中。众人拼命地摆动着身体不停地游着。

终于，众人游出了水面……出水的一刻，四周立刻暗了下来。

所有人都如梦方醒一般地看着周围。就在刚才众人还在其中游过的泉水，突然间不见了踪影，自己的身体也没有被打湿，大家全都趴在刚刚举行仪式的岩石地面上。

被牢牢地抓在手中的蛇皮也不知道什么时候消失了。剩下的，只有地上堆积如山的闪闪发光的绿霞石。

这时，仪式场中响起了美妙的笛声。

众人吃了一惊，环顾四周，这才发现他们被很多牧童围了起来。牧童们因为用了托佳露，眼睛闪闪发亮。

“‘山之王’的臣民来了！欢呼吧！”

牧童们站了起来，开始齐声高唱：

老的“山之王”已经死去，新的“山之王”诞生了！
老的“王之枪”迎来真正的死亡，走向新的生命旅程！
老的坎巴王已经死去，新的坎巴王诞生了！

歌声在各岔道的洞穴中交错地回响着。

老的“山之王”将带在身上的绿霞石，

变成了养育坎巴子民的食粮。

“王之枪”们，你们看到了山之底的黑暗了吗？

看到了你们祖先的黑暗了吗？

你们回到坎巴的土地上时，

你们也将会成为守护黑暗的索鲁。

成为索鲁，守护着母亲山脉的生命。

直到“舞者”出现，将你们的黑暗，变为青色光芒……

终章
黑暗的彼岸

他们一生都不会忘记散发着青光的索鲁们轻轻地抚摩他们时的那种感觉。那一瞬间，他们确信索鲁就是很久以前离开这个世界的，他们的父亲、叔叔、兄长们。

从穆萨族领地通往新约格王国的洞穴，在春天温暖的阳光中，敞开着洞口。洞穴前面的草地上开满了五颜六色的鲜花，终于等到春天来临而雀跃不已的鸟儿们嬉戏玩闹着，聒噪地叫个不停。

来送行的吉娜看见巴尔萨将行李往背上搭，轻声问道：

“你真的……要走吗？”

巴尔萨低头看着吉娜，微笑道：

“是啊，我也已经休息了很久啦。”

从仪式场的黑暗中回来的时候，巴尔萨全身都是伤。被尤格罗打伤的地方很快就痊愈了，但索鲁留下的伤却令人不可思议。表面上连伤口也看不见，但疼痛却持续了很长时间。

尤格罗还没有从黑暗之底回来。虽然他的肉体在王城深处的疗养院里，心却还留在那片黑暗之中。早晨，他会醒来，吃别人喂给他的食物，到了夜晚也会自己去睡觉。但是，即便他睁着眼睛，眼里也是空无一物。还有他的那张嘴，再也说不出曾经那样迷惑人心的花言巧语了。

也许有一天，会有人在仪式场上遇见尤格罗的灵魂。而尤格罗的灵魂能否得以安息，要取决于那个时候的“舞者”。

巴尔萨对这个懦弱的坎巴王和盘托出了他父亲罗格萨姆的阴谋，但并没有要求他将这些事公之于世。

吉格罗过着怎样的人生的这些事，她只告诉了她希望能够知道的人。因为她觉得，事到如今，在其他的王族成员也不够优秀的情况下再来掀起动摇王位的骚乱，就算把年轻的国王拉下王位，也是没有任何意义的。

更重要的是，这个国王虽然懦弱，但心灵还有纯洁的地方。只要让国王用这颗纯洁的心来守住这个秘密，他就能够一边思考这个秘密的意义，一边活下去，这样比较好——巴尔萨如此想道。

因为这个国王见过黑暗之底，所以比起其他王族，他或许更有可能成为一位像样的国王。

绿霞石的到来让全国上下为之欢腾。所有人都装作不记得尤格罗要侵略山之底的梦想，就好像这件事从未有过一般。

实际上，在山之底发生的事情只深深地镌刻在一小撮男人的心底。在山之底，唱着奇妙歌曲的牧童们要男人们发誓保持沉默，而男人们也从心底发誓会遵守承诺。因为他们明白，自己刚刚看到的、感受到的，都是无法用语言来描述的。若是强行讲述，想必只会偏离它本来的面貌。更重要的是，通过保持沉默，让人们相信这个世界上有着无法言喻的、不可思议的黑暗会更好。

他们一生都不会忘记散发着青光的索鲁们轻轻地抚摩他们时的那种感觉。那一瞬间，他们确信索鲁就是很久以前离开这个世界的，他们的父亲、叔叔、兄长们。

索鲁变成青光向他们告别的时候，男人们领悟到了很多。

索鲁并不是“山之王”的家臣，而是坎巴人的良心。他们守护着养育和支撑着自己生命的尤萨群山。

不久，当在这个世界的生命结束以后，自己也会成为索鲁，将那份黑暗和青光传给自己的子孙们。

他们知晓了有一个平日里肉眼无法看到、手也无法触及的世界存在，而居住在这个世界里的亡灵支撑着群山。就让知晓这一切的他们，成为“最后的一扇门”，守护那些亡灵，也以此守护坎巴大地上的生灵吧——男人们如此发誓道。或许……迄今为止的“王之枪”们都是这样做的。

巴尔萨和卡萨尽可能小心地跟着牧童们再次穿过地底，悄悄地回到了穆萨族的领地。

在洞穴迎接两人的托托长老，看着两人的脸，露出一副打心底松了口气的表情。然后他抬头看着巴尔萨，轻声说道：

“很多事情……瞒着你们，就让你们踏上这次的旅程，实在抱歉。”

巴尔萨一动不动地盯着托托长老，问道：

“你知道的，是吧？知道……谁会在地底等着我们。”

托托长老点点头。

“从我听到索鲁将绿霞石滑落给吉娜的时候，我就一直觉得，索鲁应该是在呼唤某个人。遇到你之后，听你说起吉格罗的时候，我就明白了，能够祭奠这位索鲁的，只有你。

“‘枪之舞’是只有赤裸的、毫不掩饰的灵魂才能跳得出来的舞。在‘枪之舞’的过程中，索鲁会释放自己所有的情感。当彼此的灵魂连接在一起的时候，就不再分得清是索鲁的情感，还是‘舞者’的情感了。”

托托长老突然微笑道：

“话虽如此，平常的仪式里‘枪之舞’可没有这么辛苦。

“因为就算‘舞者’不是那么优秀的人，索鲁也会照样连接彼此的灵魂，传递一切信息给‘舞者’，卸下肩上的重担，然后赠予他绿霞石。

“但是，只有今年的仪式让我很担心。因为以吉格罗为首，众多的索鲁都是遭到背叛而死于非命的。以往可没有出现过这样难以祭奠的索鲁。

“所以，他们一定是在等待，等着你的到来。能够祭奠他们所有人的‘枪之舞’，除了你，你认为还有谁能做得到？”

巴尔萨耸耸肩问道：

“就因为等我，仪式就推迟了十几年吗？事情……不是这样的。因为这次回到坎巴，不过是我临时决定的。假如我没有这个想法，难道仪式就不再举行了吗？”

托托长老意味深长地笑道：

“你一定会回来的。这……就是命运。”

巴尔萨摇了摇头说：

“很抱歉，我不这么认为。所谓命运，不过是为了让人接受过去的一个合理借口。他们所要等待的，不是我。”

“那么，你说他们在等待谁？”

“拉达王。”

听了巴尔萨的回答，托托长老禁不住扬起了眉毛，问道：

“为什么……这么认为？”

巴尔萨轻轻叹了口气，说道：

“我认为是在等待罗格萨姆王死去，新的王长大成人。索鲁绝不会把绿霞石交给罗格萨姆王。所以，在他执政、新的国王长成的三十五年间是不会举行仪式的。只不过……”

托托长老默默等待巴尔萨继续讲下去。巴尔萨犹豫了片刻，接着低声继续说道：

“吉格罗他啊，也许的确是在等我吧，毕竟我回来的时候他甚至都来迎接我了呢。所以，也许正如你所说的那样，是我回到坎巴这件事促成了仪式的再次举行。”

托托长老点了点头，随后用平静的声音说道：

“我们把绿霞石叫作思念石。在‘枪之舞’上被祭奠的索鲁，他们把生前的想念、哀思全都化作青光返回大地，最终迎接真正的死亡。绿霞石的青光，其实就是人们的思念。因为被你祭奠，吉格罗的思念也就变成了绿霞石，最后则变成拯救饥饿的坎巴人的口粮。”

巴尔萨轻轻地呼了口气，露出一丝苦笑。

“就因为从小听了那些传说，一说起绿霞石，脑子里想的净是被绿霞石装点得绿光璀璨的‘山之王’宫殿啦，‘最后的一扇门’什么的，现实可跟这个差太远了吧。”

托托长老笑了。

“这个伟大的‘山之王’，他用自己的身体凿开山底，挖开了水道，孕育了尤萨山脉的生命。我们究竟应该称他为什么呢？神，还是亡灵？”

托托长老摇了摇头说：

“我们就像是用闪闪发光的茧保护有着珍贵生命的虫子一样，用质朴的语言将他纺进了许许多多的故事里，一直以来我们就是这样守护着我们的王的啊。”

托托长老领他们走出洞外，只见白雪皑皑的大地在透亮的阳光的照射下熠熠生辉。

卡萨深吸了一口清冷的空气。一种难以言表的愉悦连同那凉爽的空气一道在胸中蔓延开来。

到达宅第后，加格罗面色复杂地迎接了卡萨一行，但听着在山底发生的故事，他的眉头渐渐舒展，到最后甚至还语调平静地向卡萨表示了谢意。尽管一个弟弟从黑暗中得到解放，一个弟弟被黑暗囚禁，加格罗却仿佛感到那曾在心底深处阵阵作痛的东西，如今又少了一样。

在族人当中，卡萨依然只是一个旁系的少年，但他却怀着愉快的心情重新回到了往日的生活。

春天，到了该把山羊赶到岩山和牧童们一起放牧的季节，卡萨不再觉得空虚寂寥。因为比起以前，牧童们越发把他当作朋友，带他去看山里这样那样的秘密；而且他感到在上次的旅程中所见到的地下的生命以及喷涌的泉水与河流，仿佛都和自己息息相关。他感觉，牧童的工作和“王之枪”的工作，其实从根本上都没什么分别。

巴尔萨在由加姑姑的义诊医院里养着身体，度过了大雪纷飞的冬日。长枪已不在触手可及的地方，巴尔萨整日昏昏沉沉地睡着，身体就像一具被抽干的空壳，疲倦极了。被成为索鲁的吉格罗连接过的心脏原本疼痛难忍，可在这一段昏睡的日子里，疼痛感变得不那么明显了。

不久，巴尔萨可以起床下地了。她和姑姑围坐在火炉边，断断续续地小声讲起了在地下旅行中以及在山之底所发生的一切，由加感觉自己就好像是在听发生在遥远过去的民间故事一样。

在交谈中，两人似乎感到将吉格罗和卡纳牢牢拴在自己心上的那把锁，正一点儿一点儿地松动并渐渐消失。也许在未来的某一天，当想起那些已逝之人时，她们能不再重温当时的痛楚吧。

不知不觉间，大雪纷飞的季节过去了，积雪在温暖的阳光下开始融化。一天清晨，巴尔萨突然闻到一股熟悉的味道。

那是由加姑姑煮的草药的味道。一闻到这股味道，巴尔萨就觉得胸口一阵发紧，她多么想回到熟悉的草药师唐达身边啊。

新约格王国的青雾山脉此时一定春意盎然，唐达还和往常一样，正悠闲地哼着歌儿采着草药吧。

回到那个火炉边去，给他讲讲这次旅行中的故事。

巴尔萨敞开整个窗户，任由春风肆意吹拂自己的面庞，心里想道。

卡萨和吉娜，还有牧童托托长老以及优优来到洞穴为巴尔萨送行。

就像上次清晨出发时一样，托托长老递给了巴尔萨一个装有托佳露叶子、尤佳露叶子和许多美味拉嘎的口袋；吉娜送了自己烤制的加了许多果仁的久慕（烤制的甜点）。因为经过高温加工，这种点心容易保存，特别适合旅途中携带。

最后，卡萨扭扭捏捏地向巴尔萨伸出了手，手掌里放着一个装饰长枪枪头的铜环。

“这……是我的枪环，送给你。”

一定是精心擦磨过了吧，铜环就像金子一样，发出灿烂的光芒。

巴尔萨微笑着接过去，立刻将自己的枪环也摘了下来，这是一个久经沙场、浸满了人血的乌黑的枪环。

巴尔萨手握枪环，看着卡萨，说：

“这个枪环很脏，可它却是从吉格罗的长枪上取下来的。先是吉格罗在用，然后又是我，这是支撑着我们活下去的那柄长枪的枪环。”

巴尔萨伸出手说道：

“收下吧！”

卡萨接过枪环，装到自己的枪柄上，而后抬起头来看着巴尔萨，腼腆地笑道：

“曾经拥有这个枪环的两个人，都是‘舞者’。我是不是还没有资格？”

巴尔萨按着卡萨的肩膀说：

“将来的事我们谁也不清楚，但你只要坚持下去，将来就一定能够参加‘枪之舞’。祝你成为一名优秀的长枪手。”

卡萨那腼腆的笑容渐渐化作一张灿烂的笑脸。

挥手告别之后，巴尔萨猛地一个转身，大步朝洞穴的黑暗中走去。

穿过这片黑暗，前方就是春光明媚的青雾山脉。巴尔萨在心中想着这绿油油的群山，迈开稳健的步伐，隐没在黑暗之中。

图书在版编目（CIP）数据

黑暗守护者 /（日）上桥菜穗子著；林涛译．-- 杭州：浙江人民出版社，2021.12（2022.5 重印）
ISBN 978-7-213-10337-7

Ⅰ．①黑… Ⅱ．①上… ②林… Ⅲ．①儿童小说－长说－长篇小说－日本－现代 Ⅳ．① I313.84

中国版本图书馆 CIP 数据核字（2021）第 213448 号

浙 江 省 版 权 局
著作权合同登记章
图字：11-2021-242 号

黑暗守护者

HEIAN SHOUHUZHE

［日］上桥菜穗子 著 林涛 译

出版发行	浙江人民出版社（杭州市体育场路 347 号 邮编 310006）
责任编辑	张世琼
责任校对	朱 妍
封面设计	易珂琳
电脑制版	书情文化
印 刷	河北鹏润印刷有限公司
开 本	700 毫米 ×980 毫米 1/16
印 张	17.5
字 数	185 千字
版 次	2021 年 12 月第 1 版
印 次	2022 年 5 月第 2 次印刷
书 号	ISBN 978-7-213-10337-7
定 价	42.00 元

如发现印装质量问题，影响阅读，请与市场部联系调换。
质量投诉电话：010-82069336